ADÁN

CRÓNICAS DEL MAÑANA.

Hermanos Di Marco

Adán: Crónicas del Mañana. Buenos Aires, Argentina.

Di Marco, David

Adán: crónicas del mañana I / David Di Marco; Ivan Elías Di Marco; Emanuel Di Marco; ilustrado por Luciana Mazzini. 1a ed. Vicente López: David Di Marco, 2020.

Libro digital, PDF

Archivo Digital: descarga y online ISBN 978-987-86-7551-0

1. Narrativa Argentina. 2. Ciencia Ficción. I. Di Marco, Ivan Elías. II. Di Marco, Emanuel. III. Mazzini, Luciana, ilus. IV. Título.

CDD A863

Edición & Diseño Gráfico: Ben Hasefer & Productora Bara. Arte de Tapa: Productora Bara & Hermanos Di Marco.

Arte Interior: Luciana Mazzini. Correción Literaria: Elisabet Acosta.

Marketing y Comunicación de Hermanos Di Marco: Joan Armando Forber.

Aunque se tomaron todas las precauciones en la preparación de este libro, la editorial y el autor no asumen ninguna responsabilidad por errores u omisiones.

Tampoco se asume ninguna responsabilidad por los daños resultantes del uso de la información contenida en este documento.

ÍNDICE

AGRADECIMIENTOS

Primeramente al Verbo, cabeza del cuerpo del que tenemos el privilegio de formar parte. Aquel del cual todo proviene y hacia donde todo va.

A nuestros padres, por inculcarnos los valores más importantes: el trabajo, el esfuerzo y sobretodo El camino.

A nuestras parejas por ayudarnos, aguantarnos y estar disponibles para escuchar cada idea loca que hemos tenido y apoyarnos en eso, creyendo en nosotros.

A nuestros amigos, quienes han dado su opinión sincera desde la idea intangible hasta el texto tangible que hoy tenemos.

Y gracias a los fanáticos, a nuestra tribu de @hermanosdimarco. A estos locos amantes de las historias, los libros, el cine... el arte.

Creados para crear.

Capítulo 1

SER

Sigo en movimiento, nunca me detengo. Parte de mi quiere dar la vuelta para averiguar si aún nos persiguen, sin embargo, bajar la velocidad no es una opción. La adrenalina solo me permite correr. Me siento extraño, como si esto ya lo hubiese vivido de pequeño. Tengo esta imagen en mi cabeza, donde escapo con un amigo luego de alguna travesura mientras los soldados nos persiguen para devolvernos al Centro de Estudio. La realidad es que parecía más un campo de concentración que una Escuela, pero no viene al caso. El recuerdo se interrumpe, se torna difuso, se mezcla con otros momentos que sucedieron...

¿Sucedieron? No lo sé, solo Dios sabe qué clase de daño le hicieron a nuestras cabezas ahí adentro.

El dolor en mis piernas me devuelve a la realidad. Sigo corriendo, no debo parar... Creo que, aunque quisiera, igual no podría frenar. Mi corazón late demasiado rápido por lo que pasó. No siento el costado derecho de mi cara ni la sangre que se está comenzando a secar. Apenas puedo ver con ese ojo. Me duelen los nudillos, hinchados y cortados por la pelea que presenté... Para ser "un dos contra uno" no estuvo tan mal... Espera ¿fueron dos? ¿Cómo se me ocurre enfrentar a dos guardias entrenados sin ayuda? Dios, debo estar volviéndome loco. Miro hacia abajo y entonces lo entiendo todo. Fue esta pequeña niña, este tierno y dulce ser que llevo en mis brazos, mientras escapo tan rápido como mis piernas me lo permiten, la razón de esta hazaña.

Podría haber ignorado la situación, podría haber volteado mi cabeza como si nada estuviese pasando, y aun así seguir con mi vida... Pero no, no podía hacer eso, no de nuevo.

Y es que hay cosas que, como todos, yo dejaba pasar simplemente porque creía que eran parte del Orden Social Establecido. Programado para garantizar la continuidad del statu quo.

Hay que mantener las cosas como están. No toques, no muevas, no levantes la mano para opinar, no levantes la voz en un ataque de valentía. No.

Las cosas hay que dejarlas como están o el caos comenzará a regir nuestro hermoso tiempo de paz que tanto costó a nuestros antepasados lograr. Hipócritas. Dudo siquiera que sepan el significado de "paz".

Quizás me estoy volviendo viejo y hay cosas que ya no tolero.

Probablemente, este último año y medio fue el detonante final. Ahora entiendo, que ni el Orden Social Establecido, ni el algoritmo, ni nada de lo que sucede alrededor nuestro es normal. Y finalmente se me abrieron los ojos para ver la necesidad y que algo malo está pasando y que no es "normal", no es "parte del plan"... o tal vez sí, para ellos, pero no debe de ser así. No tiene que ser así.

Mi padre solía decir que la violencia es la última opción...

Aunque también recuerdo haber escuchado de sus labios "si te molestan defiéndete". Perdón papá, no me estaban molestando a mí, pero era una pequeña indefensa y tuve que actuar. ¿Qué más podía hacer? ¿Seguir caminando como si nada pasara? ¿Como cuando la ley del "no te metas/no es asunto tuyo" regía mi vida? Ya me cansé de todo eso.

Quizá ni siquiera era mi papá, quizá ni siquiera es ese mi recuerdo. No lo sé. Y la verdad, no me importa, ya que en este preciso instante lo único que sé y que importa es esta pequeña niña que cargo en mis brazos, y que ya no podrán llevar a ese Centro de Estudio.

Lo sé por la camioneta blanca donde querían meterla. Lo sé por la ropa de los soldados que intentaban tomarla mientras ella lloraba desconsoladamente, con gritos tan agudos que te partían el alma.

Lo sé por el cuerpo de su amiguita tirado al costado de la ruta, ya sin pulso.

Lo sabía, y no podía permitirlo. No podía dejar que alguien más viva lo que yo viví. No podía permitir que a alguien más le roben la infancia, que le destrocen la cabeza.

Si no te matan, te roban la identidad, destrozan tu esen-

cia, borran quien eres y deciden quien serás.

La llevo en mis brazos mientras corro, con su cabeza apuntando al lado izquierdo de mi cara, para impedir que se asuste por la catarata de sangre que me brota del lado derecho. Evito que vea mis manos para que no se espante por los cortes de los nudillos.

La situación se salió de control, pero si digo que me arrepiento estaría mintiendo. Ella esconde su cabecita en mi pecho y no para de llorar. Cada tanto sale a tomar aire y me mira, yo trato de decirle con una sonrisa que ya pasó, que todo va a estar bien. Creo que no me está saliendo muy bien porque cada vez que me mira llora más fuerte.

Mis piernas no dan más, la poca fuerza que tengo se me va… Pero regresa cuando logro ver a lo lejos la entrada. La entrada de nuestro refugio. El lugar donde los rebeldes sobrevivimos a este sistema de destrucción.

Perdón por el mal uso de las palabras, quizás cuando dije que "veía la entrada a lo lejos", imaginaste una puerta fortificada, con muros de tres metros de alto, guardias en cada torre con francotiradores listos para atacar cualquier amenaza… Pero nada de eso. Por entrada me refería a la vieja alcantarilla de la zona oeste. No hay otro lugar en donde esconderse, y dado que es tan desagradable, tan inmundo, insano y moralmente destructivo todavía no se atrevieron a buscarnos dentro. No se les pasó por la cabeza, ni se les ocurrió. Esa debilidad creo que terminó siendo nuestra fortaleza.

Entré lo más rápido que pude, al bajar y meternos adentro la niña empezó a tener arcadas por el olor, le pedí perdón pero no hay otro lugar donde pueda estar más a salvo que aquí. Se la entregué en mano a Daiana, sé que ella la va a cuidar bien, al menos hasta que yo vuelva. Ella nunca pudo tener hijos e increíblemente ese impedimento la volvió muy buena con ellos, porque cada niño lo cuida como si fuese el que no pudo tener.

Una vez dentro fui lo más rápido posible a buscar a Bastian. Su nombre en realidad es Sebastián, pero su necesidad interna de parecer más firme e imponente como líder, hizo que él mismo se apodara en tono alemán.

Me dijeron que estaba en el Ala Este ultimando detalles del plan por mi desaparición. Teníamos un plan para terminar con todo, íbamos a erradicar lo que está mal en este sistema nauseabundo que apesta a putrefacción, en el cual yo era una pieza clave y necesaria. Pero me fui.

Si esto fuera una obra de teatro, sería como si el protagonista desapareciese a quince minutos de la noche del estreno. La única diferencia es que esto no es una obra de teatro, es la vida real. Y que no es una noche de estreno, es el día donde cientos de miles de almas están en juego.

Y no desaparecí por quince minutos, fueron poco más de 2 días.

Pero tengo mis razones, lo juro. Déjame contarte…

Capítulo 2

DEPRESIÓN

Todo comenzó un año y medio atrás, el 7 de Enero del 2151 fue el día en que mi vida cambió para siempre. Al final del quinto ciclo diario (aproximadamente a las diecinueve hs) llegué a casa, cansado por tanto trabajo. Mi jornada laboral en el Banco de Datos siempre fue agotadora, ya que este es el centro del sistema, el corazón del Orden Social Establecido (OSE). Cualquiera pensaría que lo primero, o lo más importante es la información, saber que pasa, como se encuentra todo. Los gobernantes, los políticos, quieren información, para saber qué decisiones tomar y cuales evitar. Los empresarios necesitan información, para saber cuándo invertir y cuándo retirarse. Y sin datos no hay información. A su vez, si manejas los datos: controlas toda la información. Y quien domina la información, gobierna sobre todo…

Trabajaba en el centro del sistema, todo pasaba por mi departamento. Y así de importante como suena, al mismo tiempo era desgastante, y por sobre todo, mal pago.

Recuerdo haber entrado en mi departamento, un monoambiente en el piso 17 de un respetable edificio. Diría que con vista de helicóptero a esta hermosa jungla de hormigón y luces.

Una perfecta visión de la locura misma, con el simple hecho de observar por la ventana, pero ojo, con más pantallas que nunca. Toda la fachada del edificio frente a mi ventana es una enorme publicidad de bebida gasificada. También, es posible apreciar la bandera roja y negra con el búho en el centro, emblema del Estado. Hemos evolucionado mucho como sociedad. Claramente, estoy siendo irónico, nunca pude tener siquiera un poco de oscuridad en mi departamento, ni para dormir. Tener cortinas no estaba permitido (de hecho, aún está prohibido). Así que siempre estuvo iluminado por la luz roja que viene de esa horrible pantalla. Hasta el día de hoy la odio. Lo bueno es que entra tanta luz que no había necesidad de usar la del departamento, así que, desde mi estadía allí, casi no he pagado servicio de electricidad.

Recuerdo mirar sobre la mesa una enorme cantidad de platos sucios y maldecir a Casandra, una de mis compañeras de cuarto en ese entonces. Ella era la clase de persona que por alguna razón cree que la ropa se levanta mágicamente del suelo para ponerse en su lugar. Leo, mi otro compañero, desde que tengo memoria, ha dejado los platos sucios sobre la mesa. Si fuera un deporte, ya habría salido campeón del mundo al menos dos veces.

No era fácil compartir un pequeño apartamento con dos personas. Todo lo que acomodas al otro día está desacomodado y nada está donde se supone que debe estar.

Es realmente difícil compartir un hogar con dos personas más... Pero aún más complicado es compartir con otras dos personas tu propio cuerpo. Tres individuos distintos, con metas, objetivos y deseos dispares conviviendo en un solo ser.

En el pasado a esto le llamaban trastorno de identidad disociativo o de personalidad múltiple, sin embargo, para nuestro tiempo este combo de tres en uno es la norma, lo establecido.

O al menos así lo creía en ese entonces. ¿Y quién podría culparme? Toda mi vida fui bombardeado con esta idea de compartir cuerpo con tres personas.

Desde el Papa, que sostiene sermón tras sermón que Dios (Padre, Hijo, Espíritu Santo: tres en uno) nos creó a Su Imagen, hasta los científicos que demuestran con pruebas supuestamente irrefutables que los índices de felicidad están más altos que nunca en la historia.

¿Qué fácil es instalar una idea cuando controlas las fuentes de información que nutren las masas, no? Pero esta es mi óptica actual, en aquel momento lo único que tenía era mi fe ciega y por supuesto mi experiencia personal, lo que había vivido de primera mano.

Y mi vida era tripartita desde que tenía memoria.

Siempre había sido Adán, treinta y tres años, pulcro, ordenado, obsesivo compulsivo y fiel a mi trabajo en el Banco de Datos... Pero también era Leonardo, un jardinero amante de la Filosofía al que nunca le fue bien en la escuela y a quien todo le importa poco y nada... Y al mismo tiempo era Cassandra, una joven en edad universitaria con ganas de comerse el mundo, ansiosa por aportar su granito de arena y contribuir a una sociedad, en mis (sus) propias palabras, cada vez más egoísta.

A decir verdad ella era la que mejor me caía de los tres.

Creo que lo que más odiaba de ser así eran las transiciones, esos períodos de tiempo donde yo dormía y mis otras individualidades afloraban. A veces despertaba en un barrio desconocido, rodeado de gente totalmente indeseable sin saber cómo, cuándo o porqué estaba ahí.

La convivencia no era nada sencilla, y a este conflicto interno tenemos que sumarle lo complejo del entramado tejido social.

Todos compartimos cuerpo con otras tres personas. Al que creíste ver como tu amigo, el día de mañana quizás no te saludaba porque no te reconocía, ya que era otra persona. ¿Cómo culparlo? Miles de veces me han saludado porque creyeron que era Leo y no tenía idea de quienes eran. La cantidad de inocentes que he visto recibir palizas por deudas que sus otros individuos no pagaban es abrumadora… Pero no viene al caso, volviendo al tema. Luego de haber juntado todo, y de poner las cosas en su lugar, recuerdo haberme recostado en la cama con mi bebida alcohólica favorita. Un vodka barato, no porque era el mejor, en el fondo se parecía más a líquido de frenos que algo refrescante o placentero. Solo que era depresivo, la bebida era mi mejor amigo y como dije mi paga no era buena así que mi alcohol, era barato.

Comenzaba el sexto ciclo diario y yo solo quería estar tirado viendo la TV, dado que iban a anunciar el informe de datos que habíamos preparado desde el Banco y saldría al aire ese día, en el noticiero. El Primer Ministro iba a informar que la tasa de suicidio había aumentado un 0,4 % y llegaba a su máximo histórico de 3.8%. Nada alentador para una década que recién comenzaba. Ah sí, los suicidios se miden por tasa, consecuencia directa de una enfermedad silenciosa y omnipresente: La depresión.

Pero tranquilos, que puede ser controlada por médicos, sitienes bolsillo para pagar los tratamientos. La farmacología es el negocio más rentable desde hace más de docientos años, eso no cambió luego de la Gran Venganza y dudo que cambie jamás.

La necesidad de antidepresivos es la más alta en la historia, y su precio estaba por las nubes. La ley de oferta y demanda.

En este caso, yo tampoco tenía el bolsillo para pagarlos, por ende mis ganas de mantenerme vivo no eran muy altas. Es que, ¿Qué sentido tenía? Contaba con un trabajo desgastante donde daba mi máximo para tener que pagar un lugar horrible donde vivir, para mañana quizá levantarme y no ser yo. Luego otro día quizá despertaba y tenía que salir de algún lugar que no conocía, que no sabía dónde quedaba, con gente que era completamente desconocida y realmente a veces daba miedo, siquiera preguntar cómo salir. Todo era un caos, nada funcionaba. Recuerdo mirar por la ventana de mi horrible apartamento, con el irónico sticker pegado de "hogar dulce hogar" en el vidrio y ver toda esa jungla que odiaba, pero que al mismo tiempo pertenecía. Duele ser parte de algo que no te llena, y así me sentía, insatisfecho, vacío, que nada de lo que podía conseguir iba a tener sentido porque en cualquier momento quizás Leo se iba a levantar con el pie izquierdo a hacerse pasar por mí y tirar por la borda todo lo que tanto me costó construir. Dejando una nota en la heladera que diría "la próxima piénsalo dos veces antes de cambiar mis frazadas". Leo es un tipo verdaderamente jodido.

Así perdí mi anterior empleo, por cambiar frazadas, que increíble. Nada tenía sentido, ¿Para qué debía esforzarme? ¿Por qué debía pelear? ¿Para qué lograr algo que en cualquier momento podría perder?

Ese día, recostado en mi cama, sin nada más que hacer y casi hundido en mi botella de alcohol, a la que recurría casi todos los días. Ahogando mis lágrimas a las que no quería dejar salir, pero, que ahí estaban, queriendo nacer, queriendo mostrarse al mundo, hasta que al fin lo lograron. Comenzó como una pequeña y sutil lágrima que bajaba por la mejilla y se volvió una catarata… Esa fue la palabra clave: Catarata. Mi llanto ininterrumpido me hizo recordar que cerca de mi hogar se encontraba la central de las alcantarillas, donde toda la basura iba para finalmente desembocar en la Catarata, la llamada "Garganta del diablo". Tenía ese nombre porque allí era donde la gente solía ir a… bueno, a suicidarse, sin testigos.

Era sabido que si intentaban tirarse de un edificio, saltar de un puente podrían ser filmados o fotografiados y la TV estaría allí para aprovechar y vender ese "espectáculo" durante toda la tarde, quizá hasta por semanas. Es repugnante el nivel de morbosidad que manejamos en esta época. La Garganta del diablo estaba lejos de la ciudad. Era un sitio tranquilo, sin espectadores. Así que pensé…

¿Qué tendría de malo ir allá, a las Cataratas? ¿Qué tendría de malo ayudar a llevar la tasa de suicidios de 0.4234332% a 0.4234333%?

¿Algo cambiaría? Sé que no. Somos solo un número, un punto en el Banco de Datos. ¿Alguien me extrañaría? Lo dudo, nunca pude estar en pareja y no tenía familia. Quizás el perro me echaría de menos. Si tuviera uno. ¿Quizás alguien del trabajo me echaría de menos? Ni pensarlo, les tomaría un par de horas máximo encontrar un reemplazo.

Sin nadie que me extrañe, sin nada que perder, sin nada que ganar, sin nada.

Tomé la decisión antes de dormirme. El último ciclo diario se acercaba al final y no faltaba mucho tiempo para que Leo o Cassie aparezcan. Abrí la puerta, tiré al piso la botella que tenía en mi mano y mientras el líquido de su interior aún se esparcía por el piso, salí pensando… que mediocre sabor para haber sido mi última bebida.

Capítulo 3

AURORA

El viaje fue largo y complejo. Recuerdo haberme asomado por la ventana del auto y ver, entre lágrimas, el paisaje de la Capital. Por unos instantes la sucia y sombría ciudad parecía adquirir cierto brillo. La melancolía me atacó, y de repente los tonos grises se volvían dorados ante mis ojos. Todo empezó a adquirir valor.

Un último viaje en mi vehículo, un último atasco en el tráfico, una última mirada a ese espantoso cartel rojo de publicidad, una última canción… ¡Oh!, la música. Una de las pocas cosas que disfrutaba. Ese último viaje me lo pasé pensando una sola cosa: ¿Cuál sería la canción digna de ser mi última canción?

Cuando era más pequeño y miraba películas, me imaginaba en el lugar del personaje y pensaba: ¡Qué buena canción para ese momento! Recuerdo particularmente una película sobre boxeo, en la cual el protagonista entraba a pelear por el Título Mundial con una canción que lo identificaba, que le recordaba el lugar de donde venía, sus raíces y su camino hasta llegar allí.

Cuando niño pensaba ¿Con qué canción entraría yo, si peleara por el Título Mundial de pesos pesados? No podía decidirme. Imagínense entonces, si me costaba elegir una canción para una batalla imaginaria, cuán difícil era encontrar la última canción de mi vida. Navegué entre las estaciones de radio casi 40 minutos... y no la encontré.

Había un exceso de malas canciones, pocas buenas, pero ninguna correcta. Finalmente me cansé y dejé un tema que no conozco en lo absoluto, pero que cuenta con muchos acordes menores, los cuales venían bien para acompañar mi llanto.

Finalmente, llegué. Levanté la vista y vi el oxidado e imponente cartel: *Garganta del diablo.*

Dejé mi vehículo abierto y con la llave puesta, no pensaba regresar así que seguramente alguien le sacaría provecho, al menos más de lo que podía hacerlo yo estando muerto. Empecé a caminar, a adentrarme en el denso bosque para llegar a las cataratas.

Dicen que hace muchos años, en el lejano oriente había un bosque donde la gente iba a quitarse la vida. La gente de aquellos tiempos debía lidiar en sus últimos momentos con letreros que decían cosas como *"Tu vida es un regalo"; "Piensa en tu familia"; "No sufras solo, habla con alguien, vales mucho"* y similares…

¡Qué Hermoso! Aquí solo tienes la inmensidad abrazándote, casi diciendo *"Bienvenido hijo mío, te estaba esperando"*. Recuerdo sentir el penetrante olor de la basura que viene de las alcantarillas. "Pensé que quizás ese aroma me mataría antes de llegar siquiera a lanzarme"

Mientras caminaba en medio de la bruma apestosa que inundaba el aire, lloraba y pensaba que alcanzaría por fin la paz después de tantos días y noches sin poder dormir. Seguí hacia adelante, lloraba y pensaba, mi última caminata, mis últimos pasos, no pude evitar contarlos. Mi último llanto, después de tantos días y noches sin poder dormir, cansado de llorar llegué al último, éste era, no sabia cómo sentirme con eso: ¿Debería estar feliz? ¿Triste? no lo sé. Es difícil explicar lo que sucede por dentro en el corredor de la muerte. Mis pensamientos se interrumpieron por un ligero sonido a lo lejos. La ruidosa catarata entraba en la escena. *"PELIGRO, no avanzar"* dice un viejo cartel colgado, deteriorado por los años, con el bote de pintura con el que fue escrito al pie. Miré esa vieja lata oxidada y pensé, que se parecía a mi vida. Frené un instante, *"Esta es mi última lectura"*, susurré. Agradecí al desconocido que intentó advertirme, pero continúe mi marcha irrefrenable hacia mi destino. Aproximadamente media hora de caminata me llevó llegar a la cumbre. Allí estaba finalmente. Mis oídos aún retumban cuando pienso en el sonido brutal de esa catarata. Totalmente impresionante. Por alguna razón siempre creí que el agua sería más clara, como aquella hermosa foto de fondo de pantalla de mi computadora. Pero la vista no se parecía en nada a eso. Demasiado marrón. Tenía sentido que así sea.

La Garganta del diablo no es un lugar turístico, es el desagüe de la ciudad. Toda la basura proveniente de la Capital y sus desechos desembocan en la central de alcantarillas, a pocos kilómetros de aquí. La central fluye finalmente hasta convertirse en estas cataratas.

Me acerqué a la cornisa, a paso lento pero firme. Todo estaba mojado y no queria patinarme, es decir, vine para caer perode manera voluntaria no en un penoso accidente causado por un resbalón.

El corazón se me salía del pecho. Miré bien para calcular mi caída. Mientras examinaba el fondo, por desgracia me topé con cadáveres en descomposición. Manos, piernas, y alguna que otra cabeza se asomaban, cuando la cascada cedía un poco. Eso me impresionó demasiado, si soy honesto. Tuve que armarme de convicción y tomar las riendas de mis pensamientos nuevamente. Basta de ideas, de miradas, de pasos, de cálculos. Basta. Basta de todo. Cerré los ojos. Tomé aire. Abrí mis brazos mostrando que ya no tenía nada. Nada en que creer, nada a que aferrarme, nada que me retenga, nada, solo el fin.

Creí que iba a tener alegría, pero solo sentía dolor. Mis lágrimas no me dejaban estar erguido, me pesaban. Mi mandíbula temblaba mientras buscaba esa última palabra, esa última frase, en medio de las millones que hay. Lo único que atiné a esbozar fue un débil y sutil… *Adiós*.

Me abandoné a mí mismo. Cedí ante la terrible carga que la vida puso sobre mis hombros.

Di el primer paso para encontrarme con la muerte, pero mi viaje se vio interrumpido por un grito:

– *¡ESPERA!*

Dijo una voz fuerte y aguda. Acto seguido sus brazos me tomaron con fuerza, me rodearon y me lanzaron hacia atrás, haciéndome volar al menos dos metros lejos de la cornisa.

Caí de espaldas rodando hacia atrás, mientras las pequeñas piedras del lugar raspaban mis brazos.

No entendía nada. Sorpresa absoluta. Indignación total. Hasta la muerte me ignoró. Ni siquiera ella quiso acercarse a mí.

¿Debí haber dicho más fuerte mi adiós? ¿Debí saltar en lugar de dejarme caer? En treinta y tres años nunca le importé a nadie,

¿Por qué de repente ahora sí? ¿Por qué rescatarme, a mí? Miré atentamente a mi salvador de arriba a abajo. Lo escaneé de pies a cabeza y no se parecía a nadie que haya conocido.

Su ropa sucia, harapos, apestaba aún más que las alcantarillas. A primera vista creí que era viejo por su cabeza calva, pero su cara era joven, mucho más joven que yo. En su cintura tenía un mechón de pelo, pegado a su cinturón. No podía ser más raro. Mientras lo miraba con una mezcla de indignación, asombro, enojo y asco, volvió a gritarme:

– *¡ESCUCHA! No tiene por qué ser el final* –me quedé mudo en el suelo, solo mirándolo, mi mente no llegaba a procesar todo, así que continuó: –*sé que no me conoces, pero puedo... Podemos ayudarte, Adán. Solo te pido cinco minutos, los últimos cinco de tu vida. Créeme que es importante, no estaría aquí si así no fuera. Sígueme.*

Lo único que me salió en aquel momento fueron insultos:

"¡Estúpido! ¡Idiota! ¡Arruinaste todo! Resonaron las palabras... en mi cabeza...Me costaba reconocer que el verdadero destinatario de esas palabras no era el pelado, sino yo mismo... Porque lo seguí."

Capítulo 4

ALCANTARILL A

Por alguna razón que no puedo explicar con seguridad, seguí al hombre extraño a través del bosque. Mientras mis pies se movían mecánicamente, mi cabeza fue invadida por un ejército de preguntas:

¿Quién era mi salvador? No podía ser amigo de Leonardo o compañero de Cassandra, ya que utilizó mi nombre, Adán. La maleza crecía mientras nos alejábamos de la ciudad. *¿A dónde me llevaba? ¿Qué hacía en las Cataratas?* Era bien sabido que los vagabundos buscaban objetos de valor entre los cadáveres, pero este tipo evitó mi muerte. Sus intenciones tenían que ser otras.

¿Por qué la muerte me esquiva? ¿Por qué sigo vivo?

¿Por qué me salvó? ¿Por qué? Esta última pregunta en particular, resonó en mi cabeza todo el trayecto.

Desde la cornisa en la que me encontraba, caminamos alrededor de diez minutos hacia el sudeste, cada vez más cerca de las alcantarillas. Intentaba mirar hacia atrás cada diez pasos para, en caso de necesitarlo, salir corriendo por el lugar de donde vine. Él no emitió sonido durante el trayecto, me dejó solo con mis pensamientos. La desconfianza hacia este sujeto crecía con cada paso que daba, pero por extraño que parezca no sentía temor alguno. Estaba vacío por dentro, no tenía nada, ni siquiera miedo.

–*Llegamos* –me dijo. Observe alrededor nuestro, pero todo lo que veía era la inmensidad del bosque. Froté mi barbilla intentando entender a dónde habíamos llegado. Estaba a punto de preguntarle cuando se arrodilló y comenzó a mover un montón de ramas del suelo.

Eran gruesas, llenas de hojas y estaban apiladas de una manera particular, como si estuvieran escondiendo algo. Rápidamente noté bajo los troncos una puerta vieja, oxidada y sucia. No tenía manija externa, por lo que sólo podía abrirse desde abajo. Mi salvador sacudió el polvo de su ropa y se inclinó nuevamente. Comenzó a golpear el metal con fuerza, mientras giraba su cabeza de lado a lado entre los silencios, como si alguien lo estuviera persiguiendo.

Noté que sus golpes no eran al azar. Repetía un patrón de nueve puñetazos. Tres golpes cortos, tres espaciados y finalmente tres cortos otra vez.

No recuerdo cuánto tiempo estuvimos ahí, parados en medio de la nada golpeando un pedazo de hierro incrustado en la maleza. Lo que jamás olvidaré fue el sonido agudo que escuché cuando esa puerta se levantó. Fue el ruido más espantoso que jamás escuché. Un chirrido infernal, equivalente a varias decenas de bebés llorando por atención.

Ante nosotros se encontraba una escalera, que parecía ir directo al subsuelo de las alcantarillas. Había que bajar. No tenía ni idea de lo que estaba haciendo, mi cabeza estaba demasiado turbada de emociones y no podía pensar con claridad.

–*Tu primero* –me indicó, acompañando sus palabras con un gesto que apuntaba a la compuerta. Empecé a descender y sentía que entraba en la boca del lobo. Miré al cielo por última vez, quedaba muy poca luz. No recuerdo haberme pasado tanto de mi ciclo como ese día. Nunca había llegado a ver el cielo tan oscuro, que belleza.

Al parecer el tramo era de unos seis o siete metros. Iba por la mitad del trayecto, cuando mi acompañante comenzó a bajar. Hizo cuatro escalones y se detuvo para cerrar la compuerta, cuando esta se le resbaló de las manos. – *¡No, no, no!* –gritó. Toda esa masa metálica cayó de golpe.

El poderoso estruendo se habrá escuchado hasta la entrada del bosque. Casi instantáneamente vino a mí una imagen perturbadora, un recuerdo, una visión, no lo sé. Del susto mis manos patinaron y me solté de la baranda. Aún faltaba medio tramo por recorrer cuando, desde la mitad de la escalera, comenzó mi caída libre. Se apagó la luz.

Desperté. Poco a poco mis sentidos se iban activando. Me sentía desorientado.

Un dolor de cabeza infernal abrazo mi mente. Todo me daba vueltas. Alrededor mío había personas que hablaban, pero no llegaba a escuchar con claridad sus palabras.

Intente mover mi pierna pero no pude. Temí haber quedado paralítico por la caída, hasta que me di cuenta que podía mover los dedos de los pies. Intenté mover mis brazos pero un fuerte tirón me retuvo. Estaba atado de pies y manos a una silla. Lo primero que pensé fue que me habían secuestrado. *ES UNA TRAMPA,* –pensé. Seguramente mi calvo salvador formaba parte de una farmacéutica que haría pruebas inhumanas con mi cuerpo. El instinto de supervivencia le devolvió, en un segundo, energía total a mi cuerpo. Comencé a moverme lo más fuerte que podía para forzar las sogas. Dos hombres corrieron a tomarme por los brazos intentando tranquilizarme, pero no había caso. Comencé a gritar desesperado, exigiendo mi libertad. Podría haber seguido en ese estado de locura por horas, pero al sentir un calor especial en mi mano derecha tuve que calmarme.

Giré mi cabeza, con el único objetivo de poder identificar la fuente de tan hermosa sensación.

Ella me miró fijamente a los ojos y dijo: *Todo está bien,*

Adán.

Su mirada, llena de amor y compasión, liberó en mi alma una dosis de paz que no había experimentado. Abrió su boca para continuar hablando, pero un hombre la interrumpió.

Me indigné profundamente. Este sujeto acababa de detener el primer contacto físico directo que tuve en décadas. No puedo explicar lo mucho que me molestó su actitud, pero todo transcurría tan rápido que no había tiempo para exteriorizar mi malestar. Observé con detalle al individuo parado frente a mí. Lo primero que llamó poderosamente mi atención, fueron sus manos. Grandes y ásperas, llenas de cortes, con uñas largas y sucias. Su altura, cerca de los dos metros, lo transformaba en alguien imponente. Y al igual que mi salvador, él también tenía la cabeza afeitada. Era evidente que pertenecía a un rango de autoridad superior al resto. Cuando los presentes notaron su presencia, se movieron uno o dos pasos con el fin de liberar espacio para él. Se acercó lo suficiente como para intimidarme y comenzó a hablar:

–*Hola Adán... lamento haber ordenado que te ataran. Todo está bien* –lo miré serio sin decir nada. Continuó: –*Nadie va a lastimarte, es sol...*

–*Si nadie va a lastimarme, entonces, desátame ahora grandote* – interrumpí enérgicamente.

–*No puedo, lo siento. Mientras estuviste dormido tus otras personalidades aparecieron y provocaron un par de disturbios. Cassandra no está mal... pero Leo, ese Leo sí que es un tipo verdaderamente jodido.* —Finalizó la oración tocando su costado izquierdo y dejando ver una mancha roja en su ropa. Miré rápidamente mi mano y tenía sangre seca en ella.

—*Te pido disculpas* —le dije —*No fui yo, pero siento que me corresponde decirlo.*

—*Adán no tienes que pedirme disculpas, sabemos que no fuiste tú...*

Hizo un silencio extraño, como si fuera a cambiar de tema y continuó:

¿Has pensado cómo sería la vida si solo fueras tú? Sin Leo, sin Cassandra, solo... tú.

Debo reconocer que su planteo, sumamente ridículo, había captado mi atención.

¿Cómo te llamas? —pregunté.

—*Responde mi pregunta y te prometo que responderé mil de las tuyas* —dijo fervientemente. — ¿Qué pensarías si te dijera que no eres tres personas sino solo una?

Quería reírme. Pocas veces alguien me había hecho un planteo tan absurdo. ¿Yo, uno solo? Sí, claro.

Miré a mí alrededor buscando un cómplice, y noté que todos estaban expectantes a mi respuesta. La boca me temblaba, al igual que mis dedos, mis manos y mis pies.

El hombre parado frente a mí movió su cabeza, exigiendo una respuesta.

—*Bien...* (ejem) —Aclaré mi garganta —*Diría que es mentira. Siempre hemos sido los tres. —*

¿Y si fuera al revés? —respondió — *¿Y si la mentira es que siempre has sido uno, pero te dividieron en tres?*

Capítulo 5

PRÁCTICA

No entendía nada, te juro que no. Mi cabeza pensaba mil cosas y al mismo tiempo ninguna. No terminaba de formar una idea que ya otra ocupaba espacio en mi mente.

Pensaba en todo el tiempo que tendría en el día si estuviera solo yo, la cantidad de cosas que podría hacer, que podría aprender. Ya no más aguantar malestares, no más las situaciones irritantes que me tocaban vivir día a día por causa de Leo y Cassandra. La idea se había apoderado de mí. La emoción me embargaba, me gustaba. Pero al mismo tiempo no lograba creerlo del todo. Es que… no es fácil asimilar... es como si te dijeran que toda tu vida la viviste mal. *"¿Desperdicie treinta y tres años de mi vida?*

¿He hecho eso? Al final soy más fracasado de lo que creía", pensaba para mis adentros.

Luego de estar un rato más atado a la silla me liberaron para emprender una caminata. Me dijeron que tenía que conocer a alguien especial.

El viaje duró alrededor de unos 5 minutos. Transitamos por una especie de túneles subterráneos que tienen las alcantarillas. Prácticamente era un pueblo el que había ahí dentro, un pueblo pequeño, pero pueblo al fin.

Mientras caminaba no podía dejar de notar el aspecto de todos. Eran iguales. No me refiero solo a lo físico, aunque sí eran todos calvos (salvo las mujeres), sino más bien a su mirada. Dicen que los ojos son ventanas al alma, y cada uno con los que cruzaba mirada te mostraba que en su alma tenían... paz. Nunca había visto algo así en mi vida, siempre fue turbulencia, siempre fue niebla, oscuridad. No sabía que había algo más. Todo de mí lo quería, pero por alguna razón me costaba confiar. Todo esto seguía siendo una locura para mí.

Llegamos a una habitación pequeña. Sentado sobre la cama de espaldas a nosotros, al fondo de la misma, un señor mayor, diría que muy mayor.

—*Estaba esperándolos* —dijo apenas pusimos un pie dentro.

—*Te dije que lo traería* —respondió el grandote, el mismo que después de toda la charla que habíamos tenido aún no me había dado su nombre, pero me guió hasta allí. El anciano se dio vuelta lentamente, tomó su bastón y caminó hacia nosotros con energía por su aparente emoción, pero aun así era lento dada su avanzada edad. En su caminata paso a paso sostuvo su mirada fijamente a mis ojos mientras decía:

—Yo. Yo ya he vivido mucho, poco tiempo me queda, de eso estoy seguro. Pero hay algo hijo, algo que va más allá del tiempo, algo que traspasa la barrera del krónos. Traspasa la vida, la tuya y la mía. Traspasa la muerte, la de cientos antes de mí y quizá miles después de ti. Aquello que no se puede frenar, que no queda atrás. Eso hijo... eso se llama... Legado.

Apenas dijo esa palabra final tomó mi mano y puso un viejo anotador forrado de cuero, amarillento en sus hojas y resquebrajada la tapa por el pasar del tiempo. En ese momento no lo hice, pero después reparé en que la cubierta tenía un símbolo, al parecer hecho a mano alzada con un dedo embebido en tinta. Era una especie de U con tres puntos adentro. Todavía no sabía lo familiar que ese símbolo sería para mí en el futuro.

Lo tomé con dudas, le di la vuelta y en su tapa decía *"Diario de Ezequiel"*.

_ ¿Qué es esto? –pregunté.

—Bueno me imagino que tienes mil preguntas –me respondió *–ahí encontrarás la respuesta a la mayoría de ellas.*

¿Que se supone que haga con él? –le dije confundido.

El grandote me respondió algo tenso: *–Es un libro, se supone que debes leerlo, para eso son los libros.*

—Bastian, contéstale bien –dijo el viejo defendiendo la obviedad que había preguntado *–Recuerdo que hiciste una pregunta igual de tonta parado aquí mismo hace dos años.*

Me miró cálidamente y continuó: *–Tómatelo con calma hijo, si no me informaron mal te prepararon un cuarto, ¿Por qué no descansas un poco y lo lees tranquilo?* –Posó su arrugada mano sobre mi hombro y me sonrió.

Salimos de ahí y una chica me guió hasta lo que, según me habían dicho, iba a ser mi habitación. Al llegar me di cuenta que la supuesta "habitación" era un amplio espacio compartido con al menos treinta y cinco personas, todos en camas colgantes. Y sin puerta, dado que al ser subterráneo no había ventanas, esa entrada era el único tránsito de aire.

Recuerdo en ese momento recostarme sobre, la que supuse, sería mi cama por un tiempo. Apoyé mi cabeza, tomé el libro y pensé... *"¿Cómo rayos termine aquí? ¿Cómo pasé de mi trabajo a casa, de casa a la catarata y de la catarata aquí? Éste lugar inmundo, lleno de gente rara que no me han explicado nada.* Pero aún tenía tantas dudas *¿Será real todo esto? ¿Es posible ser uno?*

¿Por qué el anciano era el único hombre que vi con pelo? Y sobre todo pensaba *¿Por qué a mí?.. ¿Por qué me salvaron a mí?"* Si quería respuestas debía leer. Abriendo la tapa comencé por primera vez a leer ese bendito diario:

Amado:

Ya muchos han tratado de poner en orden la historia de las cosas que entre nosotros han sido evidentes, pero me ha parecido también a mí, después de haber investigado con diligencia todas las cosas desde su origen, escribírtelas por orden, para que conozcas bien la verdad de las cosas que sucedieron.

Ezequiel

Ese pequeño párrafo me intrigó completamente. Por un momento estuve seguro de que mis respuestas quizás estaban más cerca de lo que creía. Di vuelta la página para que finalmente salieran a la luz.

Equilibrio.

En 2052 tuvo lugar una sucesión de hechos desafortunados que cambiaron la humanidad para siempre.

Todo comenzó en una pequeña región de lo que hoy llaman Las tierras de Khan, conocida en aquellos días como China. Las noticias mostraban la veloz expansión de un virus letal por todo el planeta. Décadas atrás, tuvo lugar un brote similar que fue contenido eficazmente luego de varios meses de lucha. A pesar de que esta nueva enfermedad era más infecciosa y mortífera que aquella, no me cabe ninguna duda que podríamos haberlo vencido con un poco más de fortuna. Y es que a los pocos meses de ser declarada la emergencia sanitaria global, una falla en las placas tectónicas ocasionó tres terremotos devastadores casi en simultáneo:

El primero tuvo lugar en Chile, al oeste del Río de la Plata. Fue el más intenso, con 9.6 en la escala de Richter. Los muertos se contaban por decenas de miles.

El segundo sucedió tan solo tres días después en Indonesia. Su fuerza de 9.1 sacudió las islas al sur de China (Las tierras de Khan) cobrándose la vida de apenas unas cien o doscientas personas. El terremoto en Chile hacía prever réplicas en diferentes partes del mundo, por lo que varias naciones estaban en alerta y muchas vidas lograron salvarse.

El daño económico, sin embargo, era inevitable.

El último temblor ocurrió aproximadamente una semana después en Japón. Su magnitud fue similar a la de los anteriores, aunque su impacto fue mucho menor ya que los nipones estaban acostumbrados a sufrir terremotos y tsunamis. Nos alegramos mucho cuando los reporteros informaban que no hubo víctimas fatales. Ese milagro fue un bálsamo de esperanza para un mundo quebrado y dolido. Pero esa pequeña llama de ilusión fue ahogada 23 días después, cuando el supervolcán de Yellowstone entró en erupción. Nunca nada volvió a ser igual desde entonces.

Los estados de Montana, Idaho y Wyoming, pertenecientes a los ya desaparecidos Estados Unidos, se convirtieron en un auténtico infierno. Una enorme cantidad de ceniza ascendió a la atmósfera privando a la Tierra de la luz solar durante muchos años, lo que derivó en un enfriamiento global del clima.

Los geólogos americanos anticiparon la catástrofe años atrás, lo que permitió salvar la vida de millones de personas en ese entonces. Todos sabíamos que Yellowstone era una olla a presión y que tarde o temprano una erupción ocurriría, pero nunca ni en nuestras peores pesadillas creímos que el contexto sería tan desfavorable.

En un lapso menor a cuatro meses nuestro sistema quedaría heri do de muerte y jamás se recuperaría. Una pandemia, tres terremotos y una erupción volcánica fueron todo lo que hizo falta para destruir el frágil mundo que compartimos. El caos inundó el planeta entero.

La gente salió a las calles totalmente enardecida. En cada rincón del globo resonaban las mismas palabras: ¡El fin del mundo! ¡Apocalipsis! ¡Nostradamus! Hijos matando a sus padres y padres matando a sus hijos.

El colapso económico fue inevitable. El virus aprovechó el desconcierto para expandirse a una velocidad altísima, y hacia el final de la década la crisis global se llevaría consigo a dos tercios de la humanidad. Solo quedamos

3.500 millones de personas.

Con el tiempo estos hechos fueron conocidos como La gran Venganza. Durante años, la humanidad abusó de la naturaleza gravemente: destrozamos bosques, extinguimos numerosas especies y rompimos el delicado equilibrio del planeta sin ningún tipo de justificación.

Numerosos pensadores arribaron a la misma conclusión: La década del cincuenta fue un período de justicia divina, en el que la tierra finalmente cobraba todas nuestras deudas sin misericordia. La gran venganza del planeta.

Tiene mucho sentido si examinas los hechos. Tanto la pandemia como los terremotos y la erupción de Yellowstone eran eventos predecibles. Sabíamos que sucederían, pero desconocíamos cuando.

Ocurrieron todos en un lapso de tiempo demasiado pequeño y nunca pudimos reaccionar.

Las probabilidades de que estas situaciones se encadenaran eran in creíblemente bajas, por lo que de ninguna manera se podía hablar de azar.

Lo que nos pasó era un acto de justicia. Una gran venganza.

Este concepto se convirtió en la piedra angular del nuevo sistema, llevando nuestra culpa a niveles medievales. La tierra se vengó y nosotros lo merecíamos.

Esa fue la justificación para cada pérdida de libertad que sufrimos luego.

Terminando así lo que parecía ser el "Capítulo uno" recuerdo con exactitud mi sentimiento. Indignación. Cerré la tapa y me levanté rápidamente y fui en busca del anciano. Había prestado atención al camino así que sabía cómo llegar a su cuarto. Abriendo su puerta sin golpear entre, lo miré y le dije enojado:

¿Es esto una broma? Todos sabemos lo de la Gran Venganza, nos lo enseñaron en la escuela abuelo. ¿Dónde están las respuestas? ¡Eh! —no dijo nada, permaneció en silencio.

¡Vamos dime! Me trajeron aquí prometiéndome algo y todos me dan vueltas desde que llegué sin explicar nada —me había puesto muy nervioso, mis ojos estaban brillosos, a punto de llorar por la tensión que tenía en ese momento. —*Necesito que me des una respuesta, ahora o te juro que voy a salir de aquí y volver a esa catarata para tirarme.*

Miró mis ojos, recuerdo su mirada, él estaba tranquilo. Aun a pesar de que le había faltado el respeto, aun a pesar de mi amenaza a irme, él seguía tranquilo. Y respondió –*Yo nunca sufrí una transición.*

Capítulo 6

PENSAR

Esa frase representó para mi mucho más de lo que su sentido literal expresaba. Significó alegría, por algo que (al parecer) si era posible, y no solo posible sino real. Vivir sin transiciones. Sin embargo, también me generó confusión ¿Cómo es que nunca sufrió una transición? Preguntas y respuestas se entrecruzaban en mi mente como si fuera el peaje de una autopista muy transitada. Todo pasaba a una velocidad increíble por mi cabeza. En milésimas de segundo había logrado tener más conexiones neuronales que las que había tenido en toda mi vida. Y en medio de toda la confusión solo pude preguntar: – *¿Qué?*

–Adán... – respondió el anciano mientras me tomó cálidamente del hombro y me guió hasta una desvencijada silla que se encontraba junto a su cama. Él se sentó sobre el colchón y continuó:

–Sé que tienes muchas preguntas. Créeme que lo sé. He visto la misma expresión que tienes ahora cientos de veces desde que estoy aquí. Confusión. Tristeza. Pero creo que también una de tus preguntas, quizás la más importante, está siendo respondida... Es real Adán. Sí puede vivirse sin transiciones. Como verás soy un hombre viejo, muy viejo eso no es ninguna novedad. Soy de la época cuando la gente no transicionaba.

Bajó su cabeza con una mirada entristecida y continuó:

Diría que soy uno de los pocos que queda vivo de ese momento en la historia. –Del otro lado de la cama había una vieja mesa de luz y sobre esta, una botella de agua. Tomó la botella y a su vez, sacó un puñado de tierra de la maceta de un pequeño cactus, introdujo la tierra dentro y agitó enérgicamente…

–Tú –me dijo –*en este momento eres como como esta botella Adán. Si pusiera un objeto detrás de ella ¿Crees que podrías verlo?*

Moví mi cabeza de un lado a otro indicando que no.

¿Sabes por qué? Porque está lleno de impurezas, cargado de cosas que, no han sido tu culpa, pero que te han lastimado.

Dejó la botella en un costado y continuó:

–Llevas una carga dentro de ti Adán y debes desprenderte. La

única manera de hacerlo es, al igual que esta botella, que te calmes y estés tranquilo ¿Ves cómo en reposo la tierra se acomodó en el fondo? Ahora el agua vuelve a tomar claridad. En el silencio es donde vas a poder entender muchas de las verdades.

Quedé recalculando.

–*Estás pálido chico, ¿Has comido algo desde que viniste?*

–me preguntó.

Volví a mover mi cabeza de izquierda a derecha lentamente.

¿Por qué no suspendes la lectura por un rato? Ve a comer algo con la gente de aquí. Conócelos. Haz preguntas. Te caerán bien.

Respiré profundamente, lo miré con una pequeña sonrisa apretando los labios y me retiré intentando confiar en sus palabras.

Al cerrar la puerta me encontraba completamente perdido, no sabía si había un comedor o algo así. Asumí que aquí, al igual que en cualquier parte del mundo, los sitios en los que hay mayor concentración de gente son los lugares… donde está la comida. Así que solo seguí a la multitud a ver a dónde me llevaba. Esta técnica ya me había salvado antes en el Banco de Datos y mi primera vez en las alcantarillas también me dio resultado.

Me encontré con un gran comedor, tomé una bandeja y comencé a realizar la fila para recibir el almuerzo. Al tomarlo, recuerdo sentarme a una de las mesas redondas, tratando de no pensar, tal como me recomendó el anciano. La comida no estaba para nada mal. Sabía mejor que las sobras que me dejaba Cassie en la heladera… Aunque superar eso no debería ser un gran hito.

A los pocos minutos se sentó cerca de mí una chica, aproximadamente de mi edad, quizás un poco mayor. Me puso nervioso, ¿Cómo debía comportarme? ¿Debía hablarle? ¿Saludar al menos? Tal vez estaba esperando a alguien, no tendría que molestarla o entrometerme pensé. Las relaciones personales en ese momento no eran mi fuerte. Realicé una sutil mirada a mi derecha para verla un momento, solo de curioso. *Diablos. Cruzamos mirada. Debe creer que soy un tipo raro. Estúpido, no debí haber mirado.* Agaché la cabeza y me enfoqué en la comida que debía terminar. Aunque en mi mente seguía rondando la idea, cual si fuera una calesita dando vueltas... que obvio fui. El ruido de los cubiertos contra los platos resonaba en el lugar, sumado a las conversaciones de los demás. La situación era, por demás, embarazosa. Todos charlaban animadamente, menos yo. Me costaba tragar la comida por los nervios. Poco a poco los asientos a mí alrededor se fueron ocupando. La chica terminó sentada a mi lado, y enfrente el grandote que me había tratado de tonto hace un rato por lo del libro. Al menos era una cara conocida. La mayoría me miraba como una especie de bicho raro.

¿Eres nuevo verdad? –dijo la chica a mi lado.

¿Qué te hace pensar eso? –respondí intentando hacerme el misterioso.

–Pues, es un poco obvio... eres el único hombre que tiene pelo aquí –respondió el grandulón. Los seis que estábamos a la mesa reimos. Incluso yo reí falsamente, tal como había aprendido en la oficina para no desentonar con el grupo. La había perfeccionado bastante con los años.

–Bastian lo vas a poner incómodo, soy Daiana –dijo ella.

–Él es Bastian... –Se acercó a mí y murmuró: *–En realidad su nombre es Sebastián, pero el pidió que le dij...*

–Ustedes comenzaron a decirme Bastian –dijo interrumpiendo bruscamente...

–Sí, sí, eso le estaba explicando –respondió ella guiñándome el ojo en complicidad.

Sonreí, hace mucho no sonreía de verdad.

–Ellos son Antonio, Cata, Francisco y Nina –dijo la chica, señalando con su mano a cada uno de ellos mientras los nombraba.

¿Hace cuánto están aquí? –pregunté abiertamente.

–Bueno yo hace unos tres años –respondió Antonio.

–Cinco largos meses –dijo Francisco.

Bastian respondió con un lacónico: *–Dos años* .

–Cata y Nina llegaron juntas hace un año y tres meses.

*¿Y tú? ejem... ¿Daiana, verdad? –l*e pregunté.

Ella sonrió y dijo: *–poco más de cuatro años.*

¿CUATRO AÑOS? Exclamé sorprendido, no lo pude contener.

Sí, el tiempo pasa rápido cuando estás aquí –respondió entre risas.

–Es la abuela del grupo –dijo Bastian, mientras todos reían, incluyéndome a mí.

El almuerzo duró un rato largo, por momentos confundía a Francisco con Antonio. Con el mismo corte parecían todos iguales para mí en ese momento, no era mi culpa. A todo el mundo le sucede lo mismo con los hijos de Kahn. La realidad es que sí logré distenderme, hasta pude reír de verdad. No recordaba cuándo fue la última vez que había sucedido. Todos eran amables. Se divertían, bromeaban, jugaban, se daban ánimo, estaba sorprendido. No podía evitar mirarlos a los ojos. Tenían una mirada que me recordaba a una tormenta azotando el mar y la tempestad adueñándose de todo, pero que luego que termina y la lluvia cesa, el mar queda en calma. Así eran aquellos ojos, tranquilos, pero habían conocido la tormenta.

Todo el tiempo quise realizar varias preguntas pero mi timidez y mis ganas de no cortar el buen clima, que prevalecía en la mesa me lo impidieron.

Cuando estaba por finalizar el almuerzo, y todos comenzando a levantarse, me armé de valor y de repente pregunté.

¿Son felices? –corté el clima con un cuchillo.

¿Disculpa? –dijo alguien queriendo que repitiera la interrogación, pero sabía que en realidad era para ganar más tiempo así podía pensar bien su respuesta.

Le di el gusto, y repetí:

–Eso… si son felices.

Se hizo silencio por un momento, así que decidí explayarme un poco más.

—Tengo muchas dudas, ni siquiera estoy seguro de cómo llegue aquí. Solo sé que estaba en la cornisa, al borde de terminar con mi vida, a centímetros de apagar la luz para siempre. Todo es simple allá arriba, saltas y se terminó. Punto final. Game over. Ahora estoy aquí, sentado con ustedes, y todo parece complicado. Me duele la cabeza por la cantidad de preguntas que surgen, muchas más de las que me había formulado a lo largo de toda mi vida.

El silencio reino en nuestra mesa.

—Soy infeliz —continúe, con la mirada cargada de dolor

—Siempre lo he sido y siempre creí que era la única manera de vivir.

El anciano me pidió que me calmara, pero no puedo lograrlo. Porque ahí estaba esa sensación de tristeza, de soledad, de insatisfacción. Todavía soy infeliz y diría que más que antes, porque me he dado cuenta de que, al parecer, toda mi vida la viví mal. ¿Puedo ser feliz aquí? ¿Puedo lograr eso?

—Ey. —dijo Bastian con calma, trayendo paz a la conversación

—Si, puedes amigo, vas a estar bien. Yo no sabía que era la felicidad hasta que llegué aquí... No eres el único que visitó las cataratas ¿Sabes? Todo va a estar bien. Éramos lo vil y desechado, pero encontramos propósito, y estamos aquí para avergonzar a los sabios —me miró fijamente a los ojos y continuó *—Tienes un propósito Adán. Vas a ser más que feliz.*

Sonreí y respondí:

—No entendí la parte de los sabios y eso pero... te creo.

Se levantó para abrazarme y luego mirándome de nuevo a los ojos dijo: *— Ya lo entenderás, tenemos un plan.*

Capítulo 7

LECTURA

Luego del almuerzo, comencé a sentir un punzante dolor de cabeza que fue creciendo con cada paso que daba camino a mi "habitación". Comencé a pensar en el tiempo que llevaba despierto, la transición estaba cerca. Muy pronto tocaría a mi puerta para hacer su aparición. Llegué al cuarto y di aviso con voz fuerte:

—Estoy por transicionar, si algo malo sucede pido disculpas.

Espero que sepan entender que… aún no sé cómo controlarlo, pensé dentro de mí.

—Shhhhh —escuché detrás de mí. Di media vuelta y vi que era Antonio, recostado en su cama, con los brazos cruzados detrás de su cabeza.

—Tranquilo —me dijo. *—Quien quiera que aparezca yo le doy charla. No va a suceder nada, tu descansa.*

Respiré profundo y respondí *—Gracias Antonio.*

—Llámame Toni, por favor —me dijo inmediatamente *—"Antonio" me suena a que me estás retando ja, ja, ja.*

—Ja, ja, ja , ja de acuerdo…Gracias Toni… de verdad.

Me guiño el ojo, tomó un libro de la mesa que se encontraba entre nuestras camas y me dio luz verde para dormirme en paz. Me descalcé, apoyé la cabeza del lado contrario a la puerta, esperando que suceda. Hasta contaba con la ilusión de que al despertar fuera yo de nuevo, sin transicionar. Era lo que más deseaba.

Desperté boca arriba, los zapatos puestos y mi cabeza del otro lado de la cama. Me dolió… realmente quería que no sucediera. "Qué decepción" pensé, girando hacia la izquierda, un tanto entristecido. Repentinamente, tuve una imagen que me devolvió la esperanza. Sobre la mesita de luz se encontraba el libro que me había dado el anciano y la botella de agua con la tierra en el fondo. Aún debía descansar para que "mi tierra" repose y se rinda en el fondo.

Esbozando una media sonrisa, aún recostado, tomé el libro para continuar leyendo.

JUICIO

A principios de los sesenta el caos dominaba cada esfera de nuestra vida. Podría relatarte lo duro que fue ese período, amado mío, pero preferiría no hacerlo. Sufrí pérdidas muy dolorosas, no quiero revivirlas y tampoco sé si tengo la fortaleza necesaria para enfrentarlas nuevamente. Bastará con saber lo siguiente: ocho años después del brote viral ocurrido en China (Khan), habíamos llegado a la encrucijada de nuestro destino. Nuestra sociedad, o lo que quedaba de ella, necesitaba con suma urgencia una autoridad fuerte que restaure el equilibrio al mundo, pero al mismo tiempo, no teníamos ningún respeto ni aprecio a las autoridades existentes.

En tiempos pasados se hubiera resuelto el asunto de manera sencilla. Con seguridad bastaría llamar a elecciones generales, o encolumnarse detrás de un dictador para restaurar el orden. Hubo intentos, en diferentes regiones del planeta, pero fracasaron prontamente. Nos acercábamos a una nueva era, donde las fórmulas del pasado no funcionaban, amado mío. Y es que todas las sociedades en todos los tiempos antiguos coincidían en una cosa: el mal está afuera. El peso del pecado caía sobre los hombros del gobierno anterior, o de los negros, judíos, inmigrantes, etc. Pero en los tiempos que corren, la culpa era nuestra. La gente se sentía responsable por la situación global. Estaban convencidos que el desastre en el que vivíamos, era consecuencia directa de las malas decisiones que tomaron. ¿Cómo iban a elegir a un gobernante, si fueron sus propias elecciones las que ocasionaron el caos? ¿Cómo iban a apoyar a un gobierno humano, si fueron humanos los responsables del desastre? Solo ordena quien tiene autoridad, pero la autoridad debe establecerse sobre bases sólidas.

La razón y el intelecto fueron los cimientos del mundo por más de cien años, pero ya no tenían valor. ¿Sobre qué construir entonces?

La sombra de la noche caía sobre nosotros con el peso de la historia.

Pobres las mujeres que dieron a luz aquellos oscuros días.

Sin embargo, contra todo pronóstico lograríamos levantarnos. La mañana del 21 de Enero de 2061, nueve años después del inicio del apocalipsis, llegó finalmente la luz. La salvación vino a nosotros, y por primera vez en años, la esperanza se encendió en nuestros corazones. En una transmisión global inédita, los CEOs de las principales empresas de Tecnología y Comunicación presentaron la solución perfecta a nuestro problema de autoridad. STERN.

STERN era un algoritmo cuántico que se conectaba a todas las grandes bases de datos existentes. Privadas y públicas. Se alimentaba de una cantidad increíble de información con el objetivo de elaborar un perfil de cada habitante del planeta.

Con más de 616.000 data points per cápita, STERN era lo más similar a un Dios omnisciente y omnipresente. Conocía todo de todos. El propósito final del algoritmo era predecir, con una exactitud cercana al 97%, la función ideal que cada uno debía ocupar en la sociedad. Desde los barrenderos, hasta el presidente, STERN decidiría absolutamente todo. No habría más elecciones ni errores. Solo perfección.

No entendimos demasiado cómo funcionaba el nuevo sistema, pero no era necesario. Aquel día volví a ver muestras de afecto en público, por primera vez en años. La gente se abrazaba, lloraba, bailaba y gritaba. Al fin volvería el orden. No más guerras, no más derramamiento de sangre, no más falta de suministros, no más caos, no más llanto. Ya no más.

La esperanza que STERN nos trajo fue un vaso de agua fría en medio del desierto. Ahora teníamos una razón para ser buenos, para mejorar. Había alguien observando todo lo que hacíamos, registrándolo, teniendolo en cuenta.

Debo decir que la resolución al problema de autoridad fue brillante, amado mío. La respuesta tenía que ser intermedia, una síntesis entre la razón y lo divino, externa a nosotros pero escrutable. STERN prometía ser todo esto, y nosotros lo creímos.

Pero el devenir de los meses, y los hechos sucesivos nos mostrarían lo equivocados que estábamos.

Cerré el libro tan fuerte que el ruido, calculo, lo escuchado toda la habitación. Completamente irritado. Me levanté de un salto sintiéndome nuevamente desilusionado. Iba a ir en busca del viejo a pedir explicaciones cuando repentinamente, él cruzó la puerta.

¡Ey! –me saludo mirándome a los ojos. *–Quería saludarte, ver como estab...*

–Me sigues diciendo lo que yo ya conozco – interrumpí *–Yo conozco a STERN, se la historia del algoritmo. Yo trabajaba en el Banco de Datos viejo, yo sé de esto, se cómo funcionan las cosas*

¡Incluso más que todos los que están aquí!

Las únicas que se animaron a emitir sonido, en toda la habitación, fueron las moscas. Y el ronquido intermitente de alguien que no había logrado despertarse, a pesar de mi grito.

–Adán, este no es el lugar, porque no lo hablamos afu...

–No voy a moverme a ningún lado –interrumpí, nuevamente.

El Viejo caminó hacia mí respirando hondo, quizás decepcionado porque no estaba confiando en el proceso. Se sentó sobre la cama, y dio dos golpes suaves sobre la misma, indicándome que me sentara junto a él. Le di el gusto, aunque me pareció molesto en ese momento, lo acompañe.

¿Por qué fuiste a las cataratas Adán? ¿Qué te llevó a tomar una decisión tan drástica? –preguntó.

Un mar de ideas llenó mi mente con posibles respuestas a su pregunta mientras mis ojos se movían de un lado a otro, buscando ordenarlas para darle sentido. . Antes de que pudiera responder él me tomó por el hombro y me dijo:

–Tu vida se tambaleaba, se caía... ¿No es verdad?.

Moví mi cabeza de arriba a abajo suavemente, con los labios apretados, otorgándole la razón.

¿Sabes algo? –continuó *–no podemos evitar que vengan las tormentas, pero nuestra resistencia dependerá de la base sobre la que hemos construido. La gente se equivoca y construye sobre la arena, por lo que no resiste el menor impacto. Nuestra sociedad sigue insistiendo en construir sobre la arena. Sigue insistiendo en construir sobre ese algoritmo que los destruye por dentro solo para que "la rueda" siga girando. La gente ha perdido la capacidad de soportar las tempestades, siquiera de hacerle frente a la menor lluvia.*

Hizo silencio. Necesitaba un momento para procesar todo, y él lo sabía.

¿Qué crees que hacemos aquí Adán? –continuó. *Sinceramente –* dije moviendo mis manos inquietamente

–No estoy seguro solo sé que... ya no quiero estar en la cornisa... y no quiero saltar.

–Se trata de eso –contestó *–Esperanza, valor y propósito.*

Palmeó mi espalda dos veces y levantándose se dirigió hacia la puerta.

¿Cómo hago para cambiar la base de la construcción?

–pregunté antes de que terminara de cruzar el umbral.

Sonrió y respondió –*Ya lo estás haciendo.*

43

Capítulo 8

BIENVENIDO

Un par de días más tarde Bastian me pidió si podía acompañarlo un momento. Nos dirigimos por unos pasillos en los que nunca había estado, hasta ese momento. En dirección hacia lo que nombraban como el Ala Este del refugio. La verdad no estaba seguro para que me había llamado, ni porque quería que lo acompañara. Me sentía mucho más cómodo estando con Toni o Daiana que con él. Pero no tenía la confianza para decirle que no.

Al llegar ingresamos a una especie de sala de reuniones. Un calor me recorrió todo el cuerpo. De un momento a otro la saliva se secó en mi boca y mis manos comenzaron a transpirar. Al parecer era una reunión importante. Éramos siete, incluyéndonos a nosotros. Algunos estaban despeinados de tanto pasarse las manos por la cabeza, otros con ojeras de cansancio. El cenicero estaba más que completo, y acompañaba una espesa neblina de humo que paseaba lentamente dentro del lugar. En el centro se encontraba una gran mesa redonda, llena de papeles, folios, carpetas, todas desparramadas sobre la superficie. Algo no andaba bien, y el fuerte sonido del reloj de péndulo colgado en la pared no ayudaba a lograr la calma.

–*Caballeros...* –comenzó Bastian, hablando con tono altanero –*que caras largas* –nadie respondió, y continuó: –*les presento...a nuestro "As bajo la manga"* –apuntó con su mano derecha hacia mí.

No pude ver mi cara en ese momento pero estoy seguro que mis ojos se hicieron grandes como dos huevos duros. Sentí que el calor recorrió mi cuerpo cerrándome la garganta con candado y lanzando la llave fuera de mi alcance. No sabía si era una especie de broma o que estaba sucediendo.

De su silla se levantó un hombre de baja estatura, con bigote y anteojos. Parecía sacado de una caricatura.

–*Tú debes ser Adán* –me dijo extendiendo su mano esperando un apretón de mi parte. Sequé la transpiración de la mía sobre mi ropa y complete el saludo. Para no quedar como un irrespetuoso y tomado la iniciativa me dirigí a realizar un apretón con cada uno de los que se encontraban en la sala. Cuando termine me invitaron a sentarme.

Comenzaron a hablar entre ellos con varios términos que no lograba comprender, al parecer estaban continuando una especie de reunión que no había llegado a buen puerto antes. Yo solo asentía con la cabeza en caso de cruzar mirada con alguien, para no desentonar.

Al finalizar esa conversación todos quedaron en silencio.

Parecía que llegaba al final, hasta que Bastián comenzó:

—*Adán, ¿Qué crees que hacemos aquí?* —me preguntó.

Afirmé mi garganta y respondí: —*creo que hacen algo bueno por las personas, que otorgan esperanza, valor y propósito.*

—*Si, hacemos eso, ¿Pero no crees que podríamos ir poco más allá?* —dijo.

¿A qué te refieres? —respondí.

—*Adán, ¿Por qué podemos entregar esperanza valor y propósito? Porque la gente no tiene ¿Correcto? Si lo tuviera, no necesitaría buscarlo, y por ende, encontrarlo aquí.*

Moví mi cabeza de arriba hacia abajo.

¿Quién crees que le roba "eso" a la gente? ¿Quién se lo arrebata? —continuó.

—*En mi caso creo que nunca lo tuve* – dije titubeando.

—*SÍ. Pero, ¿por qué?* —dijo subiendo el tono de voz.

—*No lo sé, desde que tengo memoria yo...*

—*Si lo sabes Adán, dímelo* —dijo Bastian interrumpiendo mi comentario.

Quedé en silencio.

¿Por qué tienes 3 personalidades Adán? ¿Por qué? —Comenzó de nuevo.

—*Creo que Nací...no sé... dañado, no lo sé, quizás, no tuve la suerte de otros como... como el viejo* —respondí.

—*No Adán, no naciste dañado, naciste perfecto, pero te*

"rompieron" –me dijo.

El silencio se hizo protagonista en ese momento.

–Adán, el estado toma a los niños pequeños, los controlan desde su nacimiento, y luego se dedican a corromperlos traumatizándolos psicológicamente, hasta que sus mentes ceden y terminan dividiendo su personalidad. Todos nacemos perfectos, con una personalidad, con una identidad pero... nos la roban...

–Hijo –continuó el hombre de bigotes *–somos un grupo que va contra el sistema. Revolución, resistencia, rebelión como quieras llamarlo. Creemos que hay otra forma de vivir. Que puede haber otro sistema, donde el dolor no sea la piedra angular para que todo esté en pie.*

Quedé en silencio un momento, tapándome involuntariamente la boca con las manos y la mirada perdida. Era mucho para mí en ese momento.

–Esta... –comencé: *–Esta parece una reunión de... bueno, gente con "cargos importantes". ¿Verdad? Es decir, no veo a todo el mundo aquí sino... ustedes... un grupo selecto que toma las decisiones. ¿Estoy equivocado?*

–Para nada –dijo otro de los hombres de la sala.

–Bueno, ¿Esto qué tiene que ver conmigo entonces? –reí de los nervios. *–Llegué hace un par de días, no creo que sea tan importante para estar aquí.*

–Planeamos atacar el Banco de datos Adán –dijo Bastian firmemente *–Allí se encuentra el algoritmo que predecirá al próximo Primer Ministro.*

–Si logramos saber quién va a ser –continuó el de bigotes.

–Podremos interceptarlo ahora y volverlo únaman, antes de que llegue al cargo. Así para cuando asuma será uno de los nuestros... podrá cambiar este sistema de dolor desde adentro. Será la cabeza, nadie podrá reprocharle alguna de sus decisiones. Es una luz de esperanza para este mundo. Tú trabajaste en el Banco de Datos hasta que llegaste aquí ¿Crees que aún podrías entrar?

—Si bueno yo estoy bastante seguro que aún no han quitado mi chip del sistema, podría per... —repentinamente una duda invadió mi cabeza. *"¿Cómo saben que trabajaba ahí? No he hablado con nadie sobre eso"*

Hubo un silencio extraño por un momento.

—Claro que nos dijiste —contestó el bigotón *—nos lo dijiste*

Adán.

Lo miré con desconfianza y negué con la cabeza.

—Leo nos dijo —respondió rápidamente Bastian con seguridad *—en una de tus últimas transiciones, Leo nos dijo, por eso creíamos que eras tú. El recuerdo quedó con tu cara es solo eso.*

—Hizo una pausa para beber agua y continuó *—eres nuestro boleto de entrada Adán ¿Ves todos estos papeles sobre la mesa? Son planos del Banco de datos, planos estructurales. Venimos preparando esto hace más de un año. Pero siempre nos hemos estancado en lo mismo, como entrar. Necesitamos alguien ya dentro ¿Puedes hacernos entrar?*

Miraba hacia todos lados tratando de procesar mis pensamientos. Buscando ordenar mis ideas. Mi ritmo cardiaco al igual que mi respiración aumentó notablemente.

—Estoy bastante seguro de que podría —dije con voz temblorosa *—es decir, según el algoritmo todavía trabajo allí y el sistema se toma tiempo para dar una baja por suicidio. He visto gente volver luego del año, incluso podría tomar más tiempo borrar a alguien. Pero no lo sé.*

Nuevamente el silencio nos abrazó. Lo único que se escuchaba era el ruido de las personas caminando al otro lado de la puerta. Algunos de los presentes se mostraban preocupados. Al parecer mi retraso para decidir no les había caído bien.

¿Quieres tomarte un momento? —me dijo Bastian.

—Si, por favor —respondí y levantándome de mi silla me retiré de la sala para caminar un momento. Necesitaba pensar en todo. Así que solo me dediqué a caminar dentro de los pasillos. Dando vueltas.

Cada cosa que había logrado, cada paso con el que había avanzado, estaba siendo puesto en tela de juicio dentro de mi mente. Pensaba en si realmente conocía tanto a estas personas como para entregar todo por una causa que podría terminar con mi vida. Las cosas ahora tomaban otro peso. No era solo que buscaban otorgar felicidad, no era algo así como una organización benéfica, que entrega alimentos para ayudar a los necesitados, era una revolución. "Por esto podrían matarme" pensaba, mientras frotaba sin cesar mis manos húmedas.

Pero al cabo de unos minutos llegué a una conclusión. Estaba logrando poco a poco ser feliz. Poco a poco volví a reír, establecí relaciones verdaderas. Sentía que había gente a la que le importaba tal cual y como estaba, y que querían ayudarme a mejorar. Empezaba a sentir quien era de verdad.

–A veces no te das cuenta que necesitas algo, hasta que te lo roban – pensé. Y a mí...me robaron mi identidad, me robaron mi esencia, me robaron el ser. Por primera vez, yo era quien debía ser. El Estado ya no podría impedirlo... Si existía una mínima posibilidad de lograr que cientos de miles de personas también recuperen su identidad y su felicidad, yo sería parte del plan. He visto el dolor afuera y no podría ser tan egoísta de no compartir lo que tengo hoy, incluso si me cuesta la vida. Fue mi decisión ese día, y hasta hoy la mantengo.

Dando la vuelta me dirigí de nuevo al Ala Este. Allí solo estaba Bastian terminando de juntar los papeles.

–Ey – le dije *–cuenta conmigo.*

Me sonrió, lanzó una carcajada y dijo: *–Bienvenido a bordo... Únaman.*

Capítulo 9

REVEL ACIÓN

–¿Adán tienes un momento? –dijo Bastian, luego de llamar a la puerta. Interrumpiendo así mis pensamientos. Yo me encontraba acostado boca arriba, con las manos detrás de mi cabeza procesando todo lo ocurrido aquel día… Sentía que había dado un paso gigante.

–Adelante –respondí.

Mientras ingresaba a la habitación denotando su habitual confianza me incorporé de un salto, le hice lugar para que él se siente a mi lado. Pero, decidió sentarse frente a mí, en la cama de Toni.

–Escucha. –Comenzó –todo lo que hemos hablado hoy… sé que es mucho, sé que no hace tanto estas aquí, y que quizás es difícil de procesar. Pero quiero que sepas que, de verdad, intentamos salvar a todos los que podemos, sin acepción de personas. Y por supuesto, darte las gracias. Por confiar en nosotros. La confianza es uno de nuestros pilares. Creemos en eso.

Apreté los labios y le di las gracias con la cabeza… Cuando estaba por comenzar a hablar yo, él me interrumpió para continuar.

–Pero sobretodo creo que la confianza no se regala, sino que se gana. Quiero que pongas a prueba mis palabras con los hechos y con la historia.

Cuando terminó de decir eso yo estaba un poco confundido. En la mesa de luz estaba el libro que me había dado el viejo.

Lo tomó y me preguntó: – ¿Por qué capitulo vas de esto?

–Hace poco terminé el segundo "Juicio".

–Ve directamente a los últimos dos. "Castigo" y "Dolor". Verás que todo lo que te dijimos es verdad… sabes… no voy a decirte nada más. Solo ponme a prueba. Léelos.

–Bien, me pondré con eso en un rato entonces – dije contento ya que había logrado saltearme capítulos con cosas que probablemente, ya sabía también.

¿En un rato? –me dijo levantando un poco la voz, como si estuviera retándome. Suspiró profundo y continuó –siempre cerciórate de las palabras de las personas. No pienses, anóta lo, investiga, busca, pregunta y luego de preguntar, repregunta. Imagina si miento y tú accedes, realizamos todo el plan y te enteras diez días después ¿Qué harías? Léelo ahora.

Me quedé duro por unos segundos, no sabía que decir. Nunca pensé en dudar de nadie de aquí. Pero, él me estaba enseñando otra cosa. Es como si lo que había incorporado hasta ahora debía sacarlo de mí para poder asimilarlo de nuev Solo me salió un –Bien. Ya lo leo entonces.

A los pocos minutos me encontraba recostado nuevamente para continuar la lectura.

CASTIGO

La solución propuesta por los líderes tecnológicos, fue bien recibida en nuestras tierras. Con Europa y América del Norte desolados; lo que alguna vez fue América Latina, se levantaba entonces como el último bastión de occidente. Hubo un reordenamiento continental, por sugerencia directa del algoritmo. La antigua Sudamérica, dividida en doce países dejaría de existir como tal. A partir de ahora seríamos un solo continente, con un único gobierno y una única moneda. No hay victoria sin sacrificio, amado mío, y a nosotros se nos pidió sacrificar nuestra historia particular, por un futuro compartido. No teníamos alternativa.

El resto del mundo, aquellas lejanas tierras del oriente, se negaron rotundamente a acatar órdenes de un algoritmo diseñado por 'americanos'. No había espacio para disputas intercontinentales, por lo que cada uno siguió su camino por separado. Nosotros con STERN, ellos vaya uno a saber con quién. Desde esos días, poco y nada sabemos de aquellas tierras. China, India, Australia o Egipto; han dejado de existir para nosotros... Al menos de forma práctica.

Pero volvamos a América.

STERN, el poderoso algoritmo que solucionaría nuestra vida, entró en funcionamiento pocas semanas después del anuncio. Al comienzo, amado mío, las cosas marchaban sobre ruedas. En el principio, a todos se nos asignó una profesión particular. En mi caso, la evaluación había arrojado que el trabajo ideal para mí era el de carpintero. ¡Qué felicidad! Amaba el olor a madera, y disfrutaba trabajar con las manos.

Esta asignación se repetía cada dieciocho meses sin excepción. STERN aprendía constantemente de nuestros comportamientos, y recopilaba información a cada minuto. Si hacías un buen trabajo, si aprendías algo, si te quejabas, si agradecías, si adquirías tal o cual bien... Todas, absolutamente todas nuestras palabras y acciones, quedaban registrado en el Banco de datos para futuras asignaciones.

A mis ojos (y a los de la mayoría), obedecer al algoritmo no era una carga... ¡Era un deleite! El orden era restaurado y todos teníamos un rol que ocupar, una forma de contribuir a la paz. Pero a pesar de estos beneficios que STERN trajo, había unos pocos que se resistían a las nuevas formas. Hombres tradicionales, que se aferraban al libre albedrío; y que querían decidir a que dedicarse... Estos rebeldes eran rápidamente localizados y silenciados. Libertad por paz. Era un precio justo para nosotros.

Durante un buen tiempo disfrutamos del reordenamiento.

Las primeras décadas permitieron que volvamos a sonreír, a trabajar, a salir de la cama con un propósito, a caminar por las calles con seguridad. Volvimos a vivir, básicamente. Pero las cosas comenzaron a cambiar prontamente...

Y es que debes entender algo, amado mío: La historia permite predecir el futuro.

No basta más que un breve repaso por el pasado, para notar que incontables pueblos en incontables ocasiones, renunciaron a su libertad con el fin de conseguir paz, seguridad y calma. No obstante, en algún punto del tiempo la situación se hacía insostenible.

Y es que las nuevas generaciones nacen en un mundo distinto al de sus padres. Respetan el pasado, pero no lo sienten como propio. Comprenden el porqué, pero no lo comparten. Comienzan a luchar por la libertad, por la capacidad de ser dueños de sus caminos. Ha sucedido en todas partes, desde siempre y bajo cualquier tipo de gobierno.

Y sucedió también en nuestra moderna sociedad, gobernada por STERN.

A finales del año 2070, comenzó a gestarse una pequeña revolución. Los más jóvenes empezaron a exigir a nuestras autoridades cambios en el orden social. Motivados por ideas ancestrales, comenzaron a organizar protestas y a causar disturbios. No fueron muchos al principio, apenas un puñado en el sur de la confederación. Pero en tan solo un año, los libertadores, así se hacían llamar, atrajeron a sus filas a miles de jóvenes, millones según algunas fuentes.

Con pocas armas y mucho coraje, estos entusiastas y valerosos niños, se hicieron del control en las Comunas diez y la once. Se autoproclamaron como la RAL (Republica Austral Libre), y negaron toda autoridad de STERN.

No puedo contarte mucho de cómo era la vida bajo su jurisdicción. En aquellos días me había sido asignado un importante cargo en el Banco de datos, que como sabes está ubicado más al norte, en la comuna nueve. Sin embargo, la vida y el destino me han cruzado con muchas personas que vivieron allí cuando la RAL gobernaba; y todos sin excepción, han afirmado sentirse muy a gusto. Compartían todo entre todos, y cada quien podía dedicarse a lo que quisiera siempre y cuando cumpliera una serie de tareas básicas comunitarias. Sin embargo, no es algo que tenga demasiada importancia, ya que solo tres años después el ejército confederado invadió el territorio, y en una corta pero feroz guerra, acabó con esta revolución.

El Primer Ministro dio una conferencia de prensa anunciando la victoria. Recuerdo aquel discurso como si fuera ayer. Nuestra autoridad máxima, después de STERN, era sumamente confiada y segura. Hablaba sin titubear y gobernaba con el respaldo de una inteligencia superior que lo había elegido en función a sus méritos.

Pero esa jornada era extraña. La paz y el convencimiento que nos transmitía en cada aparición pública se habían esfumado.

"Hermanos y hermanas confederadas... Hoy hemos recuperado el control de nuestras comunas diez y once" dijo con voz temblorosa y sudor abundante en su frente.

"La absurda rebelión ha sido aplastada, y nuestros pobres compatriotas que durante cuatro años han sufrido bajo el yugo de la autoritaria   y violenta REPÚBLICA AUSTRAL LIBRE, han sido traídos de vuelta a los brazos de nuestro orden social". En este punto del discurso la multitud rugía. Incansablemente escuchábamos noticias que hablaban de una situación de caos absoluto en la RAL. Este constante bombardeo de información era la única manera de mantener apagados los distintos focos revolucionarios que comenzaban a aparecer en el resto de las comunas.

"Debemos sentir orgullo" dijo el Primer Ministro, luego tragó saliva y continuó... "Pero también vergüenza... vergüenza porque estos jóvenes inconscientes, que arruinaron su vida y la de millones de hermanos y hermanas, han sido fruto de ustedes. Son sus hijos, sus hermanos, sus amigos, sus primos, sus compañeros. La pobre crianza que han recibido es la raíz de todo este mal. Irresponsables padres en todas partes, exponen a sus hijos e hijas a contenido violento y anti confederal. Han sido ustedes mismos, una vez más, los culpables de esta brutal y absurda guerra...Nuestra suprema autoridad ha tomado nota de lo sucedido y ha elaborado una solución brillante para prolongar la paz hasta el final de los tiempos. Me complace anunciarles que a partir de mañana y por tiempo indefinido, entrará en vigencia el programa KINDER"

–¡¡Adán!! –me llamaron desde la puerta con un estrepitoso grito. Era Toni interrumpiendo mi lectura – Vamos a comer que muero de hambre.

–Voy en el próximo llamado –respondí con mi vista aún en el libro, no quería que nada me desconcentre. Se ve que hay partes de la historia que se han perdido en el tiempo (o se han ocultado, mejor dicho). Aún me quedaba un capítulo por recorrer y necesitaba llegar al fondo.

–Es la tercera vez que te busco, no hay otro llamado. ¡Ahora vamos que tengo hambre!

¿La tercera? –pensé. Estaba tan inmerso en la lectura que había perdido de vista todo lo que sucedía a mí alrededor. Dejando el libro sobre la mesa y levantándome fui velozmente a almorzar para poder continuar lo antes posible.

Capítulo 10

SIRONÍA

R egresé a mi cuarto aun masticando el último bocado de comida. Creo que fue la vez que más rápido tragué en mi vida. Solo había engullido el alimento para superar la tarde.

Recostándome de nuevo, tomé el libro y aislándome del mundo nuevamente, continué.

DOLOR

El maldito programa KINDER sería el golpe final a nuestras aturdidas mentes.

STERN nos arrebató la última libertad que teníamos: La paternidad, amado mío.

Desde aquel entonces, dejarían de existir los conceptos Mamá y Papá: Los niños serían criados por el aparato sanitario y educativo de la confederación al 100%.

Supervisar el nacimiento e infancia de las futuras generaciones, era la manera de prolongar la paz hasta el final de los tiempos.

El programa tenia múltiples puntos, pero en resumen consistía en lo siguiente:

Todos los niños menores a 12 años debían ser entregados al Estado, para su formación completa como ciudadanos útiles.

Natalidad controlada. Esterilización masiva de los mayores de 16 años, previa recogida de material reproductivo para garantizar la diversidad genética.

Crianza y educación de las nuevas generaciones en los Centros de Estudio de la confederación.

Algunos intentaron rebelarse y protestar, pero el aparato represor de STERN estaba en su mejor momento, después de la victoria en las comunas 10 y 11. No había nada que hacer.

Aún puedo escuchar los gritos de aquellas madres, mientras les arrancaban a sus hijos de los brazos. Nunca más volverían a verlos, serían envíanos a comunas lejanas para asegurar el distanciamiento.

Miles se quitaron la vida... ¿Qué sentido tenía vivirla, sin aquellos a quienes se ama? ¿Para qué trabajar, esforzarse, si nadie disfrutaría de tu legado?

Fue en estos días donde la Garganta del Diablo, una maravilla natural de la comuna nueve, ganó su fama como lugar suicida. Tiempos oscuros.

Recuerdo la horrible sensación de ver a los niños uniformados en las calles. Jugaban, se divertían, aprendían... Pero no eran libres. Si uno de nosotros se acercaba a ellos, caía preso instantáneamente y por largo tiempo.

No teníamos permitido influir en ellos de ninguna manera. A los 16 años, saldrían del Centro de Estudio a ocupar su lugar en la sociedad, aquel que el algoritmo determinara como óptimo.

Desconocíamos en ese entonces los horribles actos que les sucedían a los niños en KINDER, pero con el tiempo empezamos a notar que algo andaba mal.

Al incorporarse a la sociedad, algunos de ellos empezaron a manifestar síntomas propios de enfermedades mentales como la bipolaridad, esquizofrenia e identidad disociativa (Popularmente conocido como Personalidad múltiple).

Fueron pocos al comienzo, pero con el correr de los ciclos y los egresos, la cantidad de kinders afectados aumentó significativamente. Seres sin alma, sin identidad, sombras de una humanidad que ya no existe. Abusos físicos y psíquicos suceden en esos centros y ocasionan estas enfermedades mentales. No me cabe ninguna duda, amado mío, estoy seguro.

Recuerdo un programa televisivo en el que el conductor aclaró que sus tres personalidades y que todas serían contratadas por la señal para distintos shows.

La misma persona, encarnando tres personalidades conduciendo tres programas distintos... Al principio pensamos que era un juego, que no podía ser real, que solo estaba disfrazándose y actuando; como en los sketch humorístico de antaño...

Pero cuando empezamos a cruzarnos en nuestra vida cotidiana con personas que sufrían de transiciones y que con gran angustia aseguraban no recordar las acciones de sus personalidades alternativas, supimos que esto era real.

Con los años, esta generación sumisa y trastornada, huérfana de padres y madres comenzó a ocupar cargos importantes en los medios de comunicación y gobierno.

Y así, casi sin notarlo, lo anormal comenzó a verse normal. En solo un puñado de décadas, la familia había sido extinguida.

Para el tiempo en que escribo este diario, año 2129, tener múltiples personalidades se considera no cómo algo normal simplemente, sino también, cómo un estado deseable.

A diferencia de los pocos únamans que quedamos, los seres tripartitos "gozan" de una armonía interna, de una danza de amor perfecta entre sus personalidades. No tienen necesidad de buscar amor y afecto fuera, porque ya lo tienen dentro. El Banco de datos arroja informes mensuales, que muestran un record de alza en el índice de felicidad continental. Pero además de los datos y evidencia empírica, esta nueva forma de vivir estaba apadrinada por la espiritualidad o religión.

Muchos recordaron la antigua trinidad cristiana, donde Padre, Hijo y Espíritu Santo conviven en armonía en un solo ser, un solo Dios. Se dijo que fuimos creados a Su Imagen, la cual estábamos recuperando en esta era de paz y armonía... Mentiras.

Me llamarán loco, pero estoy seguro que intencionalmente STERN promovió y forzó el desequilibrio mental del pueblo. Me he dedicado a estudiarlo, amado mío y he llegado a la siguiente conclusión:

Muchos de la vieja guardia, sostienen que la inducción intencional del trastorno de personalidad múltiple a los Kinders tiene como finalidad aumentar el ritmo de crecimiento económico. Tiene sentido: Una persona con una sola personalidad, consume y vive de acuerdo a una serie de gustos y preferencias... Pero una persona con tres personalidades, consume y vive de acuerdo a tres series distintas de gustos y preferencias. ¡Es como recuperar dos tercios de población mundial!

Tiene sentido, pero el aumento del consumo y el crecimiento económico resultante, no es la causa de este claro complot contra el pueblo, sino una consecuencia.

La verdadera causa es el exterminio de todo conflicto.

La única manera de garantizar la paz, es arrancar de raíz todo posible desacuerdo...

¿Y qué conflicto puede ocasionar una persona que no está contenta consigo misma? ¿Qué rebelión puede surgir de un grupo de personas inestables mentalmente? ¿Puede acaso una persona desequilibrada en su interior, hacer tambalear el sistema? De ninguna manera, amado mío.

Temo que en el futuro no quede rastro de estas verdades. Temo que haya un día en el que nadie recuerde lo sucedido. Temo que encuentren este diario y me asesinen por escribirlo.

Temo que nunca más recuperemos nuestra libertad. Pero a todos estos temores, amado mío, solo puede vencerlos el amor. El amor que siento por ti, Hijo mío. Nunca olvidaré aquella tarde en la que te llevaron. Eras muy pequeño, tenías apenas 5 años pero gritabas para que no nos separaran.

Es este amor por ti, donde quiera que estés y cómo sea que te llames, el que me sostiene en esta angustia.

Sé que mi vida pasará, pero mis palabras permanecerán.

Espero que algún día, sean ellas las que te encuentren y motiven a recuperar la libertad que nos arrebataron.

EZEQUIEL.

Mi corazón se rompió por completo al finalizar. Estaba anonadado. Atónito. Perplejo. Había gente entrando y saliendo de la habitación como siempre pero juro que no escuchaba nada.

Era como si el silencio me rodeara a mí con sus fríos brazos. Pero por dentro mis pensamientos gritaban.

Toda nuestra historia, todo lo que nos dijeron, todo lo que creíamos, el bien común que se nos exige, todo era parte de una entramada telaraña de mentiras. Una red que sostiene un sistema de dolor la cual, irónicamente, nosotros mantenemos de pie sin saberlo. Y hasta el día de hoy la sostienen los miles de millones que las creen.

Por eso nunca había tenido en claro los recuerdos de mis padres, o de algún familiar. O siquiera algo de mi infancia. No existieron. No los tuve, me los robaron.

Bastian tenía razón, no nacimos así, nos rompieron. Nos volvieron un juguete defectuoso para ser usado y luego desechados. ¿Acaso la vida es descartable? ¿Las personas somos descartables? Sumisos de mentes, sin la capacidad de proyectar. Así nos querían. Y lo lograron.

Comencé a llorar de manera desconsolada. La verdad es necesaria pero muchas veces también es dolorosa, y ese día dolía mucho. Por un momento volví a mirar mis manos, con las cuales me tapaba la cara para que nadie me viera. Me trajo un recuerdo espantoso. El recuerdo de cada día de mi vida en la horrible pocilga de apartamento que viví durante años. Donde lloré en depresión desconsoladamente hasta que ya nada salía de mis ojos. En el dolor que padeció por mantener vivo a un sistema que lleva dentro su propio veneno. Pero cada una de esas lágrimas que derramé tiene peso. Y tienen consecuencias. Y ellos las verán. Juro que las verán.

Capítulo 11

DOLOR

Pasaron algunos días y yo seguía sin poder evitar pensar en todo el dolor que me habían hecho. En todo lo que me habían lastimado hasta ese momento. Sus historias, sus mentiras, eran como una fruta agria que no podía quitar de mi lengua. Similar a un chicle o goma de mascar, que solo se puede masticar y masticar sin poder tragar, pero su sabor llena toda tu boca.

Al mismo tiempo estaba decepcionado conmigo mismo, porque aun sabiendo la verdad no podía dejar de transicionar. Sentía que, aunque me pesara, aún era esclavo de este sistema que me continuaba manipulando, que me continuaba atormentando, solo por inercia, pero seguía aún clavando su daga en mí.

Decidí ir en busca del viejo. Aquel que siempre tenía la palabra justa para mí. Llegué hasta la puerta de su habitación y me detuve frente a ella. Cerré los ojos y pensé "Por favor, que me dé la clave de cómo salir de esto". Toque la puerta con mi puño derecho realizando dos pequeños y tímidos golpes. Al ritmo de su "Adelante" ingrese lentamente. No sé porque estaba tan nervioso, realmente el viejo era la persona que mejor me entendía aquí, hasta diría incluso que era el que más quería.

–Adán –comenzó diciéndome con una sonrisa –*hace varios días que no te veía.*

–*Termine el libro* –respondí mirando el piso y tratando de mantenerme entero.

Al escucharme su cara se transformó por completo, dejó su sonrisa de lado para poder darme la bienvenida con sus brazos.

–*Esto es una porquería* –le dije balbuceando mientras comencé a llorar.

–*Lo sé hijo, lo sé...* –contestaba a cada una de mis quejas y comentarios que apenas se entendían porque el llanto no me dejaba hablar. Con sus brazos a mí alrededor me palmeaba la espalda. No he sentido nada más reconfortante como ese abrazo.

Al cabo de unos minutos, luego de calmarme un poco nos sentamos a hablar más tranquilos.

–*Toma* –me dijo entregándome un vaso de agua para ayudar a reincorporarme.

–*La verdad duele* –respondí al recibirlo.

–*Pero es necesaria Adán* –me corrigió. –*No importa cuánto duela. Siempre elige la verdad. Tarde o temprano todo lo oculto sale a la luz.*

¿Sabes qué es lo que más me molesta? –le dije –*que aun sabiendo todo esto, no me alcanza para cambiar.*

–*No digas eso Adán* –me respondió –*tú has…*

–*Quiero dejar de transicionar* –interrumpí mirándolo a los ojos – *Quiero dejar de hacerlo y no puedo. Aun sabiendo toda la historia no puedo evitar que Leo y Cassandra vengan esta noche, o mañana, o cuando sea. No puedo. Y eso me frustra. ¿De qué me sirve este conocimiento si no puedo detenerlo? Cada vez que me pasa siento que este sistema se burla de mí. Me siento como si fuese el artista estelar de su circo del dolor. Donde me avergüenzan, me humillan. Siento como me apuntan con su dedo y hasta logro escuchar su risa burlona de fondo.*

Quedó la habitación en silencio por un momento, mientras tomaba otro largo sorbo de agua para evitar llorar de la impotencia. Odié haberme vuelto tan llorón.

–*Ya no quiero, ya no quiero esto* –finalicé. Hice silencio, esperando que el viejo comience a hablar con sabias palabras nuevamente, y darme así la clave para superarlo.

–*No puedo ayudarte a dejarlo, hijo* –respondió apenado.

Fue como si me dieran un mazazo en la cien. Hundí la cabeza entre las manos, me sentía frustrado,

–*No puedo ayudarte, porque yo nunca transicioné* –continuó –*me negué incluso a ponerme ese chip que tienes tú en la cabeza. Tuve que alejarme de la ciudad, fui desterrado, Adán. No sé cómo se supera.*

Agaché mi cabeza. Respiré profundo y terminé mi vaso de agua para salir de allí y buscar ayuda en otro lado. O acostarme en la cama. Lo que pase primero. Pero cuando me estaba por levantar del asiento me dijo *–pero conozco a alguien que si.*

Lo miré esperanzado y sorprendido. Una leve sonrisa volvió a aparecer en mi rostro, después de varios días. Hizo en un papel una especie de mapa con unas indicaciones para que buscara a alguien dentro de las alcantarillas que trataba con los nuevos como yo.

Siguiendo las instrucciones llegué, una vez más a una puerta desconocida para mí… Me detuve frente a ella de nuevo, esperanzado. Cerré los ojos y pensé una vez más "Por favor, que me dé la clave para salir de esto de una vez por todas.". Solicité mi permiso para ingresar golpeando tímidamente. Y al escuchar su respuesta, me adentré.

–Por favor cierra la puerta –escuché que me decían al ingresar a una pequeña aula. Todo adentro era de un color blanco impecable, con buena iluminación, una hermosa mesa de madera en el medio. Realmente el lugar era pequeño, pero no producía sensación de encierro, asfixia o claustrofobia, por el contrario transmitía mucha paz. Sin dudas aseguro que es el sitio más hermoso de todo el "bunker".

–Tomá asiento, por favor –me pidió la única persona que se encontraba en el pequeño lugar. Tragué saliva, mientras trataba de calmar el movimiento de mis manos y caminé a la única silla libre que se encontraba allí, justo frente a él. Un hombre alto, largo y delgado con la cara perfectamente rasurada, al igual que su cabeza y con anteojos cuadrados que hacían juego con su postura rígida.

–Adán mi nombre es Walter, soy doctor en Psicología. El algoritmo ordenó en mi juventud que eso debía ser y dediqué mi vida a cumplirlo. Hace aproximadamente cinco años me fueron abiertos los ojos. Desde entonces trabajo ayudando a las personas a dejar de transicionar. ¿Para eso estás aquí verdad?

–Supongo –dije nervioso y con duda *–bueno, si... no... no he podido dejar de hacerlo... sinceramente... eso me frustra, doctor.*

–Es difícil dejar de hacer algo si no conoces la razón de porqué lo haces ¿Sabes por qué transicionas Adán? –preguntó.

–Me dijeron algo de un trauma que nos inducen de pequeños, –respondí.

–Bien. Sabes más que la mayoría que entra aquí, –me dijo.

Sonreí a medias, por un momento me sentí un genio, como si entendiera que era lo que realmente pasaba.

–Pero aun así estas equivocado, –continuó, mientras yo abrí mis ojos por la sorpresa. *–El trauma a edad prematura provoca que tu cerebro genere una personalidad alternativa. Si es que dicho trauma es lo suficientemente fuerte, es decir, lo que hace el Estado es provocar múltiples momentos traumáticos hasta que uno da en el clavo y... ¡CLAP! .... Tu personalidad se multiplica.*

–Pero, sinceramente, doctor –interrumpí *–no recuerdo haber vivido algo así.*

–Cuando vivimos un trauma la parte emocional de nuestro cerebro da señal de alarma y desconecta la parte racional. En algunos casos esa desconexión es tan grande que el recuerdo se borra de la memoria consciente. Por eso no lo recuerdas. Respondió fríamente y con seguridad. Parecía como si hubiera tenido esta misma conversación mil veces y ya sabía que responder.

–Entonces, si no lo recuerdo ¿Cómo es que transiciono?

–pregunté.

–Eso se debe al pequeño chip que tienes detrás de tu oreja,

–me dijo.

¿El chip? Pero ese solo contiene mis datos. Mi nombre, mi historial médico, donde trabajo...–

Apretó los labios para no sonreír, al parecer le causaba ternura mi inocencia *–lo que hace el chip, además de contener todos tus datos Adán, es identificar de manera precisa en qué zona en tu cerebro quedó alojado el recuerdo y enviar un impulso eléctrico cada cierto periodo de tiempo para que lo visualices nuevamente en tu mente. Al ver la imagen tu cerebro toma la decisión de escapar y transiciona a otra personalidad.*

Quedé en silencio. A los pocos segundos comencé a pensar

¿Acaso habrá algún momento de mi vida en que me hayan dicho la verdad? ¿Acaso algo de lo que conocía era verdadero?

Me senté con los hombros caídos y suspiré. Acto seguido, froté mis ojos para evitar que las lágrimas de frustración salieran a luz.

–*Hey* –me dijo con calma –*tiene solución. Para eso estamos aquí ¿no?*

Moví la cabeza de arriba hacia abajo suavemente, preparándome para el viaje que me tocaba emprender ahora.

Bien, comenzaremos con una larga sesión de electroshoc-

ks.

Me levanté de la silla de un salto.

–*Tranquilo, tranquilo, es una broma ja, ja, ja* –respondió riendo –*Siempre quise decir eso. Lamento que hayas sido tú el primero.*

–*Qué gran momento para bromas,* –pensé.

Quedó todo en silencio un momento mientras volvía a tomar mi asiento.

–*Pero si va a ser algo doloroso* –me dijo –*lo que debemos hacer es encontrar ese recuerdo en tu mente Adán. Y deberás enfrentarlo.*

Capítulo 12

CONTROL

Allí me encontraba. Sentado luego de varias horas… intentando encontrar un recuerdo que… hasta hace unos momentos atrás no sabía que existía.

Walter, el doctor, hacía preguntas unas detrás de la otra Cardíaco. Electrodos en ambos lados de mi frente y detrás de mi cabeza monitoreaban toda mi actividad cerebral, sumados a dos más en mi pecho controlando el ritmo cardíaco.

–Bien Adán, vamos a cambiar de estrategia –me dijo el doctor. Su voz demostraba el cansancio de varias horas sin resultados. *–Dentro de esta habitación hay varios parlantes, cierra los ojos, te voy a hacer escuchar una serie de sonidos, a ver si alguno te sugiere algo.*

Comenzaron a escucharse varios sonidos conocidos. Ruidos de vehículos, risas, viento contra los árboles, truenos, tormentas. Nada parece ayudar, hasta que comenzó a sonar uno muy especial. Pasos, luego pasos en el barro.

–Ese sonido –dije, clavándole la mirada. *–ese sonido… si me suena familiar.*

–Cierra los ojos Adán, déjate llevar –me dijo rápidamente

–Completa la película en tu mente. Dime todo lo que ves.

El doctor mantuvo el sonido constante y subió el volumen.

–Me veo corriendo –dije *–es una especie de campo, pero está muy largo, es más un pastizal. Oigo pasos rápidos detrás de mí, alguien nos sigue.*

¿Nos? –preguntó el doctor.

–Sí, hay un niño conmigo. Estamos jugando… No… Huyendo. Nos vienen siguiendo por el descampado. Del pastizal vamos hacia un galpón, buscamos escondernos… de…un guardia… es un guardia del Estado.

Mis piernas comenzaron a temblar y empecé a apretar los puños por los nervios. Un frío sudor hizo compañía comenzando a brotar de mi frente.

—Entramos. Está todo mojado. Al galpón le falta techo —continúe.

¿Y eso que tiene que ver? —preguntó.

—Creo que llueve. Por eso está todo mojado —respondí, mientras con mi remera intentaba secar el sudor que casi me llegaba a los ojos *— no había nada allí, solo una oficina al costado, en un primer piso, mucha agua y desperdicios de metales. Es un vertedero o algo así. Estaba nervioso.*

Comencé a escuchar como la máquina que controlaba el ritmo cardiaco, poco a poco indicaba cada vez menos espacio entre cada pulsación. Como si fuera poco, el sudor se hacía cada vez más pronunciado y una aguda punzada en mi cabeza se hizo insoportable…

—Comenzamos a subir por una de las columnas de metal que sostenían la estructura, intentábamos subir a la oficina y escondernos en el techo. Subí primero. El agua de lluvia contra el metal formaba una resbalosa película haciendo que mis manos se patinen. Llegué arriba. Di la vuelta para ayudar a mi amigo a terminar de subir. Estiré los brazo hacia abajo para ayudarlo en sus últimos pasos de la larga escalada y cuando tocamos nuestras manos...

No pude seguir hablando. El silencio invadió el lugar. Mis manos no paraban de moverse. Mis pies temblaban. No podía siquiera abrir los ojos, las lágrimas no me lo permitían, y mi dolor de cabeza tampoco.

¿Qué pasó Adán? —preguntó.

—Escuché un sonido —dije —un fuerte sonido y...resbaló. Su mano se me resbaló... Mi amigo, cayendo en picada. Nunca desvía su mirada de la mía mientras cae. Son al menos tres metros y sigue mirándome ¡OH DIOS ES ESO! ¡NO PUEDO BORRAR SU MIRADA CAYENDO! ¡¡DIOS!!

—Tranquilízate — dijo Walter con voz calma esperando contagiarme.

—¡ES MI CULPA! —grité mientras golpeaba la mesa *—estaba demasiado mojado y cayó. Fue mi idea que estemos ahí. Fue mi idea subir al techo.*

—Adán termina la historia —repitió Walter cuando al parecer vio algo en el indicador cerebral que no le gustó porque empezó a gritarme:

¡ADÁN! ¡ADÁN TRANQUILO! ¡QUÉDATE CONMIGO!

¡¿ME ESCUCHAS ADAN?! ¡¡QUÉDATE CONMIGO!! —la luz se apagó.

Desperté sobresaltado, aspirando grandes bocanadas de aire. El corazón se me salía del pecho. Quise moverme, pero no podía. Estaba atado a la silla. *"Deja vu"* pensé.

—Te dije que te tranquilices —me dijo molesto el doctor. Vaya uno a saber cuánto tiempo hacía que estaba ahí esperándome.

¿Transiciono? —pregunté.

¿Tú qué crees? —y al ver mi expresión, inmediatamente intento ocultar su molestia…

—Lo siento —dije apenado con la cabeza baja.

—No tienes que pedirme perdón, Adán —me dijo, mientras intentaba desatarme —*esto es para ti, no para mí. Yo ya no transicionó. Yo estoy bien ¿Y tú? ¿Tú como estas?*

No quise responder.

—Al parecer —dijo mientras se acomodaba en su silla —*has respondido muy satisfactoriamente al estímulo auditivo, así que seguiremos ese camino.*

Agaché mi cabeza y tragué saliva.

—No sé si puedo hacerlo de nuevo, doctor —respondí tímidamente.

¿Estas bromeando verdad? —me dijo poniendo su mejor cara de indignación.

—No —dije lanzando una risa nerviosa. *—No sé si estoy listo para hacerlo de nuevo, es solo eso—*

—Adán no se trata de estar listo, —respondió —*jamás vas a estar listo. Se trata de hacerlo, no puedes esperar.*

—Lamento diferir —le dije —*pero no puedo, no ahora, al menos.*

¿Por qué no? –me respondió secamente.

–Solo no quiero ¿Está bien? –nuestra charla se transformó en una especie de ping-pong verbal intenso.

–Okey, debo entender entonces que no quieres ser libre –me dijo.

–No dije eso –respondí enojado.

–Es lo que me das a entender –me indicó con una mirada fría.

¿Cuál es el problema? –me dijo mientras limpiaba sus anteojos. Creo que intentaba mantener sus manos entretenidas para no golpear mi rostro.

–Ninguno –es solo que…

–Tienes miedo –interrumpió el doctor.

Era la palabra que no quería que dijera. A las personas nos cuesta aceptar cuando este sentimiento toma el control del alma por unos instantes.

Estaba contra las cuerdas.

¿Y si lo tengo qué? –pregunté.

¿Crees que si te vas el miedo se irá? –contestó redoblando la apuesta *–Pareces más inteligente que eso. Adán. Tienes que terminarlo ahora.*

Tenía razón. Odiosamente para mí, tenía razón.

–Tengo miedo– repetía angustiado. *–no quiero que pase de nuevo.*

–Todo saldrá bien –me respondió, con calma y empatía. Casi diría que hasta con amor *–si te mantienes tranquilo, y sobre todo si me escuchas cuando hablo, todo va a salir bien.*

Lo pensé por unos minutos pero por dentro ya sabía cuál era mi decisión. Lo miré a los ojos y dije *–pon la música.*

Capítulo 13

BAL A

Al cabo de unos minutos me había trasladado, nuevamente, con la música que sonaba de fondo. El estúpido galpón mojado. La lluvia inundaba el lugar y la transpiración me empapaba el cuerpo. Mis dedos tamborileaban nerviosos sobre la mesa, acompañando la película que corría por mi mente, más nítida que nunca.

–Comenzamos a subir por una de las columnas de metal que sostenían la estructura para subir a la oficina y escondernos en el techo –dije nuevamente.

–Bien, ahí fue donde nos quedamos –respondió, Walter

–Tú tranquilo Adán, con calma. Respira hondo.

Intentaba hacerle caso y al mismo tiempo no perder la imagen en mi cabeza. Pero me era inevitable acelerar mi ritmo cardíaco.

–Okey –dije, mientras respiraba tal como me pedía. Pero mis piernas no paraban de moverse, delatando mi mala actuación. Subí primero. Mis manos patinaban en el resbaloso metal. Llegué arriba. Di la vuelta para ayudar a mi amigo a terminar de subir y cuando tocamos nuestras manos... Un sonido fuerte se escuchó y él resbala. Comencé a llorar de la angustia. Su mano, se me zafó... Mi amigo está cayendo en picada.... Nunca desvía su mirada de la mía mientras cae. Sigue mirándome con esos ojos grandes y – *¡DIOS! ¡EN QUÉ DIABLOS PENSABA CUAN-*

DO LO TRAJE AQUÍ! –grité golpeando la mesa.

¡Adán calma! –me gritó el doctor – *¡No hagas lo mismo dos veces! ¡ERES MÁS LISTO QUE ESTO!*

¡Pero sus ojos! –quise continuar.

¡Respira! ¡Respira! Calma, calma..

En cada palabra que Walter iba diciendo su tono de voz bajaba un poco más. Por consecuencia, al compás de su voz disminuía también mi nerviosismo. Pero mi angustia aumentaba

¿Que más Adán? Termínalo.

Quedó todo en silencio por un largo rato.

–*No hay más que decir* –concluí, mientras las lágrimas empezaban a nacer. –*El soldado nos alcanzó. Está en la puerta, apuntándome con el arma. Comencé a bajar de allí. Al llegar al suelo veo el cuerpo de mi amigo una vez más, boca abajo, cubierto por una chaqueta negra en su espalda y un gran charco rojo. El soldado me repite una y otra vez que es mi culpa.* –Me grita –*"es tu culpa" "por tu culpa murió"* –y tiene razón.

Durante varios minutos en la sala solo se escucha mi llanto. No podía parar.

¿Adán puedo hacerte una pregunta? – me dijo, Walter.

Mi garganta estaba demasiado cerrada como para hablar, así que no respondí. Pero él lo tomó como un "sí".

¿Tu efectivamente viste el cuerpo de tu amigo en algún momento? preguntó.

Pensé unos segundos. Luego moví mi cabeza de izquierda a derecha, mientras intentaba secar las lágrimas de mi cara.

–*Y dijiste que escuchaste un sonido antes de que resbale*

¿Verdad? –continuó.

–*Si* –contesté. –*No sé qué era, pero sonaba fuerte, como ruido de metales, el lugar estaba lleno de ellos. O una campana, pero más grave, como un...*

¿Cómo una bala? –interrumpió Walter.

Lo miré desconcertado.

–*No lo mataste Adán* –me dijo –*el soldado fue quien lo hizo.*

Tragué saliva, mientras quitaba la mucosidad que descendía de mi nariz, y con la mirada fija en la mesa repasaba el relato, al ritmo de las palabras del doctor.

–*Estabas arriba, te diste vuelta para ayudarlo y posterior al estruendo resbaló. Fue el sonido del disparo, Adán. Viste al soldado apuntándote pero no era a ti. Le apuntaba a tu amigo, a pocos centímetros tuyo. Mientras tú bajabas de allí no podías verlo, tu mirada estaba en los escalones. El soldado tapó con su chaqueta el torso para que no veas su espalda, con la bala dentro. De allí venía la sangre. Ese es tu trauma, te hiciste cargo de una muerte que no fue tu culpa. No es tu culpa... Nunca lo fue.*

Quedé en silencio por un rato más. Pensando. Repasando todo en mi mente.

¿No fue mi culpa entonces? —me salió decir por lo bajo.

—No Adán —respondió Walter.

—No lo fue —me repetía una y otra vez a mí mismo en voz alta —*no fue mi culpa. No lo fue.*

El doctor caminó hacia el otro lado de la mesa y se sentó a mi lado. Tomó mi hombro mientras yo continuaba repitiendo esa frase para mí.

Adán... —me interrumpió.

Lo miré a los ojos. Hacía un rato largo que no los abría.

Esto —continuó mientras apuntó el chip detrás de mí oreja con su dedo. *—Va a seguir enviando esa imagen a tu cabeza. Todos los días. Pero cuando venga a culparte, ya sabes que no debes escapar, porque ahora conoces la verdad. No fue tu culpa. Puedes enfrentar tu recuerdo y saber que no fue tu culpa. El enfrentarlo con la verdad va a hacer que dejes de transicionar.*

Días después, seguí repitiéndome esa frase "No fue mi culpa". Y seguí luchando contra mis transiciones. Algunos días estuve en victoria, otros volví a caer. Dicen que uno tarda aproximadamente veintiún días en adquirir un nuevo hábito, pero dejarlo es mucho más difícil. Imagino que mi cerebro tenía como hábito escapar de mí mismo al ver esa imagen espantosa en mi cabeza y enviar a otra persona en mi lugar para evitar recordarlo. Un hábito que antes de hoy no podía controlar, pero ahora tenía las herramientas para hacerlo. Una verdad que me repetía despierto una y otra vez. Hasta que realmente la creí.

Ese día, junto al Doctor Walter, aprendí la lección más grande de mi vida. La verdad nos hace libres.

Capítulo 14

AUTODETERMINACIÓN

Pasaron varios días desde aquella sesión con el doctor. Sinceramente me encontraba mucho mejor en todo sentido.

Emocional y físicamente. No lo sé, no podía explicarlo. Mi humor había cambiado por completo.

Estaba en camino hacia el aula blanca a encontrarme con Walter. Dos veces a la semana, lo visitaba para recibir controles, ayuda, etcétera. Realmente es bueno en lo que hace. Es de esas personas que te hacen sentir que no es solo porque sea su "trabajo" u "obligación", sino que verdaderamente le importas. Había llegado a estar veinte días seguidos sin transicionar. Con mucho esfuerzo, pero lo había logrado. Creía que estaba viviendo un sueño.

Al ingresar esperaba que realizáramos los correspondientes chequeos de rutina, pero antes de comenzar me dijo.

–Adán, yo creo que ya estás listo para tu iniciación.

–¿A qué se refiere Doctor? –pregunté confundido.

–Has respondido más que favorablemente a cada entrevista que hemos tenido en este último mes –respondió, mientras miraba varios de los papeles. Supongo que contenían mi historial o algo así. *–Hace tres semanas prácticamente que no transicionas. Retenerte aquí conmigo sería innecesario, y hasta diría que un error. Tu cerebro necesita estímulos, estímulos que no vas a encontrar aquí. Mantenerte sería no dejarte avanzar.*

No supe qué decir. Quedé congelado por unos instantes pensando, y mientras más repasaba la idea en mi boca comenzó a dibujarse una pequeña sonrisa, que llegó a cubrir todo mi rostro.

¿Cuándo puedo hacerla?... La... La iniciación –pregunté tartamudeando.

–Ya arreglé todo para que sea mañana mismo –contestó sonriendo, como si estuviera orgulloso de mí. Fue una caricia al alma.

Cualquiera habría pensado que los nervios esa noche no me dejarían pegar un ojo. Todo lo contrario. Dormí como un bebé. Descansé, sentí paz. Me acomodé en posición fetal, sintiendo que volvía a nacer. Por fin había terminado mi calvario o, al menos, eso creí.

Al día siguiente el Viejo me despertó temprano. Sonriéndome. Me dio una especie de navaja de barbero y una pequeña cuerda, o más bien era un hilo, no lo sé. No entendí qué significaba y el tampoco quiso decirme.

Recibí indicaciones del lugar al que debía dirigirme, para realizar mi iniciación. Oficialmente iba a ser un únaman. En el trayecto hacia allí sentí que todos me miraban. Todo aquel con el que mis ojos se cruzaban tenía una mirada de aprobación hacia mí, una gran sonrisa. Algunos hasta aplaudían.

Debo ser sincero, aunque había escuchado cosas sobre la iniciación no sabía qué esperar. A pesar de que mi cara tenía una sonrisa imborrable y mi paso era firme, dentro de mí estaba un poco asustado. No tenía idea de donde iba, quien me esperaba dentro. No sabía para qué llevaba una navaja y una cuerda. No sabía nada. Quizás eran los vestigios de Leo dentro mí trayendo dudas de nuevo.

Llegué a la puerta. Nervioso, con mis manos temblando y húmedas por esa estúpida transpiración que siempre estuvo en cada momento importante de mi vida. Creo que ha sido mi compañera más fiel en los días claves de mi vida.

Algunos se referían a la iniciación como una especie de "ritual". Mi mente se tomó el trabajo de crear ese escenario: un aula oscura, muy oscura, con una sola luz en el centro del salón. Mientras yo ocupaba ese lugar en el medio, ocho hombres con largas túnicas negras, encapuchados, salían de las sombras. Y con su prominente voz grave entonaban un canto gregoriano alrededor mío, sosteniendo cada uno en su mano izquierda una antorcha de fuego hasta que por fin se consumía. Gracias cerebro.

Cerré los ojos antes de ingresar y al cruzar la puerta… estaba al aire libre. Era una especie de parque. Una salida de las alcantarillas que nunca había visto. El lugar era verdaderamente hermoso. El agradable calor del sol comenzó a bañar mi piel. Ese bosque tenía unos árboles muy altos. Esto hacía que cuando el calor apremiaba, algún árbol nos cubriera con su sombra. Sumado al viento que soplaba en el momento exacto…

Tres personas que nunca había visto me esperaban con una

amistosa sonrisa. Todos calvos. Su vestimenta era... normal, nada de túnicas extrañas o algo así. Sentados en un tronco cortado, puesto de manera vertical transformado en asiento. Había un tronco más, libre. El que se encontraba sentado en el medio de los tres estiró su brazo apuntando con la palma abierta al tronco, invitándome a tomar asiento. Mientras caminaba hacia allí no podía evitar mirar todo. Delante de ellos se encontraba a mi izquierda una balanza muy (pero muy) antigua, de esas que se usaban en el Imperio romano o antes. Y del otro lado, en la derecha, una fogata encendida hacía un tiempo ya.

¿Qué tal Adán? –me dijo… Dado que no me dieron sus nombres, los llamaremos Izquierda, Centro y Derecha. Centro me dio los buenos días...

–*Buenos días* –respondí afirmando la voz, ya que se me había cerrado la garganta de los nervios.

–*Primeramente te felicitamos por estar aquí hoy* –dijo Derecha con una media sonrisa, mirándome a los ojos. –*Walter nos ha hablado mucho de tu avance, sabemos que ha sido un largo camino para ti. Bueno, para todos los que hemos estado sentados en ese banco alguna vez... ¿Estás listo?*

Respiré profundo, cerré los ojos, como si fuera la última vez y respondí: –*Sí señor.*

Izquierda tomó un cuaderno que estaba en el suelo, escondido en uno de los lados del asiento, y comenzó a leer.

"Tú, hijo de hombre, toma una navaja de barbero, y hazla pasar sobre tu cabeza y tu barba..."

Hizo una pausa y me miró, era una señal para mí. Agaché mi cabeza y miré mi mano derecha, entonces noté la navaja que había traído…Era para esto. Así que con firmeza comencé a pasarla por toda mi cabeza. Aunque estaba nervioso, en ese momento no me tembló el pulso, sabía lo que debía hacer. Fui viendo como mi cabello caía al suelo. Empecé a emocionarme, y apreté fuerte los ojos para no llorar

–*Realmente está pasando* –pensé. Una vez más sentí una fuerte puntada en la cabeza, acompañada de un sonido muy agudo.

Al terminar Izquierda continuó diciendo:

"Toma después una balanza y divide los cabellos en tres partes iguales..."

Junté todos los cabellos del suelo y los puse sobre la balanza que se encontraba allí. Los acomodé en partes iguales.

–Ponles nombre Adán –dijo Centro.

La puntada se hizo sentir de nuevo y el sonido agudo fue más fuerte que antes. No pude evitar fruncir el ceño en un gesto de dolor pero continué. Quería terminar. Era mi día.

A cada montón de cabello le puse nombre como me dijo:

–Cassandra... Adán... Leo –dije señalando con mi índice a cada uno. Mientras sentía aún la puntada.

Izquierda me sonrió con los labios apretados y continuó leyendo el libro:

–"Una tercera parte quemarás a fuego; y tomarás otra tercera parte y la atarás en la falda de tu manto; y la última tercera parte esparciré al viento ".

–Estos tres montones son tu vida hoy Adán –explicó Centro, mirándome fijamente a los ojos, con una voz que me transmitía profunda calma, con paciencia, intentando bajar las revoluciones dentro de mí. *–A pesar de que hace mucho no transicionas, necesitas terminar con ellos. Poner el punto final. Tomarás el primer montón... Cassandra.... Lo lanzarás al viento, para que sea esparcida y olvidada. Solo Dios sabe a dónde irá. El segundo eres tú, lo atarás con la cuerda a tu cinturón, para recordar en los días de duda, que solo estas tú. Y nadie más que tú. Y el último... Leo... tomándolo con tus manos lo tirarás a la fogata y lo quemarás.*

Tomé a Cassandra y me recliné para lanzarla al viento que soplaba a mi derecha. Comencé a llorar. Pero no de emoción, sino de dolor. La puntada me estaba matando, resistí con todas mis fuerzas pero es inevitable no llorar cuando se siente una daga penetrando a lo más profundo de tu cabeza, girando hacia un lado y hacia el otro para agudizar el dolor. Cassandra se esparció rápido. En medio del pánico fue un alivio, como una gota de lluvia en medio del seco y atormentador desierto. Un paso más cerca de terminar. Me di la vuelta para tomar a Leo rápidamente y así terminar con esto cuando de repente, el chillido apareció, mire al cielo mientras caía y… se apagó la luz.

Debo ser sincero, tengo "flashes" de lo que pasó en el medio mientras intentaba despertar. Pequeños diálogos fuera de contexto. Frases incompletas.

–*Quiero hablar con Adán… tráeme a Adán.*

–*Leo, retrocede. Quiero hablar con Adán.*

–*No… ¡No lo golpees! no vas a lograr que venga si haces eso.*

–*Leo, retrocede ahora.*

–*Adán… Adán ¿Me escuchas? Debes renunciar Adán.*

Poco a poco la luz se fue encendiendo. Comencé a volver. Me estallaba la cabeza, me sentía confundido, desorientado. El corazón me saltaba del pecho y al mismo tiempo me sentía sin fuerza.

Al abrir bien los ojos vi a Centro con la nariz llena de algodón y la camisa ensangrentada. Comencé a llorar.

¿Qué pasó? –pregunté agitado mirando de un lado a otro buscando detalles en cualquier lugar.

¿Eres tú? Adán…–me preguntó Centro, con voz calma, tragó saliva y continuó: – *Adán escúchame… Leo se manifestó… Apareció.*

Comencé a mirar el piso de un lado a otro buscando respuestas. Creí que ya había terminado con esto. "*¿Cómo pasó?*" Me pregunté por dentro.

¿Quieres ser libre? –me dijo derecha, acercándose lentamente a mi

–*Sí* –respondí mientras me temblaba la boca y mis lágrimas caían. –*Sí ¡Quiero!*

–*Entonces debes renunciar Adán. A Leo, a Cassandra. Debes renunciar a ellos.*

Me quedé en silencio por un rato… solo llorando. No podía hablar. No podía pensar. Pasaron varios minutos donde solo hubo un monólogo de llanto y dolor.

–*Adán* –interrumpió Izquierda. – *¿Por qué lloras tanto?*

Me quedé en silencio pero inquieto, buscaba palabras para explicar lo que me sucedía por dentro. Pensando cómo podía explicar la opresión en mi pecho.

–*Adán,* –insistió nuevamente Izquierda. – *¿Por qué lloras?*

¡Porque odio a ese tipo! –grité entre lágrimas. –*Esa es la razón por la que estoy llorando, porque yo no soy esa persona. No quiero que esa persona salga. Porque si sale, el infierno saldrá con él. Odio a ese tipo, le tengo miedo.*

–*Adán…* – me miró a los ojos y continuó. –*Sé que lo odias… pero eso es lo que hace que aún lo mantengas. No puedes odiar lo que no tienes ¿Me explico? No debes odiarlo, debes soltarlo.*

–Tomó el mechón que yo había nombrado Leo y lo puso en mi mano. –*Debes renunciar.*

Miré el mechón en mi mano temblando y lo contemplé por un largo rato.

Era mi decisión. Era el punto final. Izquierda tenía razón. El odio es retener. El odio te lastima solo a ti. Es masticar veneno por voluntad propia. No importa que pensara de Leo, no lo elegí. Pero si puedo elegir terminar con él. Y eso decidí. Me levanté de un salto y lo lancé al fuego gritando con todas mis fuerzas mientras aún lloraba. El montón fue directo hacia el centro del fuego, entre dos bloques de leña bien prendidas. Una corriente de aire llegó en el momento justo, una fuerte briza que avivó el fuego de manera inexplicable, parecía coreografiado. Al cabo de unos segundos el mechón que se encontraba junto se consumió desde las esquinas hacia el centro hasta que… no lo vi más.

Renuncié. A él. A ella. Al odio. Al temor. Renuncié.

Me senté en el banco y lloré más que antes. Era libre, libre de verdad. Me fundí en el abrazo que me brindaron los tres, completamente relajado. Suspiraba profundamente una y otra vez mientras moqueaba como una canilla abierta. Era como si hubiera quitado de mí una mochila, una valija o un camión de mi espalda. Respiraba profundo solo porque me encantaba sentir esa sensación de libertad.

Ese fue el último día que supe algo de Leo y Cassandra.

En esa última brisa, como su último aliento. Terminó.

85

Capítulo 15

ESCAPO

Después de mi iniciación estuve días tomándome un momento para estar solo. Sentado en un rincón, pensando, meditando, sosteniendo el mechón de pelo, atado a mi cinturón. Lo giraba hacia la izquierda, luego hacia la derecha.

Como si estuviera buscando algo más. A alguien más… que ya no existía. Esa era mi satisfacción, el motivo de mi sonrisa.

Comencé a juntarme más con los muchachos. Tony me adoptó y me integró realmente en su grupo, aquellos que había conocido en el primer almuerzo aquí. Ahora sí me sentía como uno más.

Debo ser sincero, me gustaba presumir que iba a formar parte del plan de ataque al Banco de datos. La conversación acerca del tema fluía con facilidad, faltaban solo cuatro días para el ataque. Y yo con una falsa timidez, solía decir "sí, bueno… yo trabajo en el Banco, así que soy parte del plan. Nada muy importante solo… soy la llave para entrar". Todos reían. Aclaro que no era un acto soberbio, era más como cuando estás en tu grupo de confianza y suenas algo arrogante, solo para molestar.

En uno de los almuerzos en que nos encontrábamos todos:

Caty, Tony, Nina, Francisco y yo, algo aburridos, salió una idea infantil. Pero, que al final del día provocó mucho más de lo que cualquiera de nosotros hubiese imaginado.

¿Qué tal si jugamos a las escondidas? –preguntó Nina.

Nos miramos el uno al otro y reímos al mismo tiempo.

¿Tienes cinco años? ¿O qué? –contestó Francisco de manera burlona mientras jugaba con el escarbadientes que mantenía en su boca luego de la comida.

–No hay manera de que suceda –agregó Tony.

¿Y si yo cuento? –sugirió Caty.

Levanté las cejas del asombro mientras, nuevamente, todos nos volvimos a mirar. Nadie dijo una sola palabra por varios segundos, pero todos sabíamos lo que teníamos que hacer. Antes de que Caty dijera "uno" todos se levantaron de las sillas, ni siquiera habíamos pautado las reglas y ya habíamos comenzado a correr en todas las direcciones. Estaba pasando de verdad. No recordaba haber sentido esa adrenalina en mi vida. Era correr entre los pasillos mientras reía. Me sentía en la infancia, esa que no tuve. Por dentro pensaba que estaba recuperando todo, mi identidad, mi personalidad, incluso mi vida.

La verdad no sabía hacia dónde me dirigía, en ese momento solo corrí lo más rápido que pude. Sin pensarlo, solo corrí. Vi una puerta abierta que me pareció familiar y entré. Estaba todo oscuro, pero pude ver lo suficiente como para esconderme detrás de uno de los ficheros que se encontraban al fondo de la sala. Entre el fichero y la pared había un espacio de un metro, justo para que pueda esconderme si me sentaba en el piso y me apretujaba. Así lo hice. Ahí sentado, un poco transpirado por la adrenalina me puse a pensar: "¿De dónde conozco esta puerta?

¿Cómo conozco este lugar?" No había entrado a muchos lugares en las alcantarillas, así que debía poder recordarlo. Asomé mi cabeza apenas sobrepasando el fichero, la luz apagada dificultaba mi vista pero esforzándome vi: una mesa redonda…siete sillas… un reloj de péndulo en la pared. Pensaba "¿De dónde…? " Y antes de que pudiera terminar mi pregunta recordé. Mis ojos se abrieron al cien por ciento. Tomé aire, me había dado cuenta. Estaba en la sala de reuniones. El lugar en el que se trataban los temas más importantes para los únamans. Aquella, donde Bastian me llevó para contarme del ataque al Banco de datos. A la que solo entraban los que formaban parte de la toma de decisiones. – *No puede ser*– dije por lo bajo. Realicé un movimiento rápido para escapar cuando ¡BAM! se prendió la luz. Me volví a meter y me hice bolita presionando mi cuerpo contra la pared lo más que podía. Esperando que nadie me viera y se diera cuenta que estaba ahí. Iba a ser una situación muy difícil de explicar. Más aún con un argumento como "estábamos jugando a las escondidas".

Se escuchaban los pasos de varias personas, la sala seguramente estaba llena. Me encontraba bien escondido pero aún se podía escuchar la cantidad de papeles que se movían por la mesa. Intentaba mantener mi mente ocupada pensando en otra cosa mientras hablaban, no quería ser un entrometido. Más de lo que ya era, estando dentro de esa sala. De igual manera era evidente el tema que iban a tratar, a tan solo cuatro días del ataque era lo único que se hablaba en todos lados.

–*Bastian, tú que lo conoces mejor* –dijo alguno de ahí.

–*Escuché que ese tal Adán recién hizo su iniciación hace algunos días. Hasta entonces estaba perdiendo la cabeza con sus otras personalidades. ¿Crees que lo hará bien?*

No pude evitar poner toda mi atención para escuchar. No me importó ser un intruso, estaban hablando de mí. Debía saber la respuesta.

–*No es momento para traer dudas al menos que traigas una solución con ella* –respondió Bastian con firmeza. Luego continuó: –*Aun así te contestaré. Lo hará perfecto.*

Sonreí en mi escondite respirando profundamente en silencio. El líder me apoyaba.

–*Pues mejor que así sea* –recriminó el mismo. –*Porque había otro buen muchacho en la Catarata ese día para salvar, y no lo hicimos porque tú elegiste al que trabajaba en el Banco.*

La sonrisa se me borró en un instante. A la velocidad de una estrella fugaz quedé boquiabierto, con un ceño levantado y mil preguntas en mi cabeza. ¿Qué quería decir eso? No encontré respuesta en mi mente y de la emoción, o por los vestigios de la adrenalina en el cuerpo, me levanté e interrumpí.

–*¿Qué diablos quiere decir eso?* –pregunté casi gritando, mientras mi boca temblaba.

Todos dieron la vuelta y miraron. Uno de los que estaba sentado del susto escupió su bebida. Asumo que por tal sorpresa era él quien me había puesto en duda.

–*Wow* –dijo Bastian. –*Al parecer descubrimos un nuevo talento, tienes alma de ninja muchacho.*

–*No esquives la respuesta* –retruqué con seguridad. – *¿Qué quiere decir eso? ¡¿EH?!–*

Nadie dijo nada. Eso me dio tiempo para pensar en la siguiente pregunta, pero por dentro sentía que ya sabía la respuesta.

–Leo no les dijo que yo trabajaba en el Banco de datos

¿Verdad?... ¿Ya lo sabían?

Bastian me miró a los ojos y con una mirada casi soberbia me contestó: *–Sí.*

–Hijo, tú no puedes…

¡Cierra la boca! –interrumpí al metido y lo señalé con el índice. Luego, volví a mirar a Bastian para continuar. *–Es decir entonces que me salvaron por mi puesto…porque trabajo en el Banco… ¿Estoy en lo correcto?*

–Les dije que era el indicado señores –contestó Bastian mirando a todos.

–Es mucho más listo de lo que parece.

–No te burles de mí –respondí, mi ceño pasó de estar alto por la sorpresa a fruncirse por el enojo que tenía dentro. *– ¿Cómo sabían?* Todos quedaron en silencio, nadie quería hacerse cargo de responder. Así que decidí continuar yo, un tanto más agresivo, pinchando donde más les dolía. *–Si tienen las agallas para tomar ese tipo de decisiones deberían tenerlas también para poder justificarlas.*

–Hay cámaras en la entrada de la Catarata Adán –respondió Bastian. El único que se animaba a hablar: *–Tú deberías saberlo. Cámaras que nos permiten ver desde aquí. Cámaras que saben leer el chip y nos dan la información sobre la persona que entra. En tu caso particular, vimos que trabajabas en el Banco. La oportunidad de nuestras vidas, una en un millón. Por fin alguien que estaba dentro del sistema para ayudarnos a entrar. La llave que esperábamos y que ellos no se verían venir. Había que actuar y te elegimos. Reconstruimos tu vida, levantamos los escombros y los pusimos de pie. Deberías estar agradecido.*

–Me dijeron que salvaban a todos los que podían –contesté confundido. Sentía que ya no los conocía. *–Ese era el propósito de todo esto. Salvar vidas. Ahora veo que solo salvan a los que les convienen.*

¡No podemos salvar a todos Adán! No ahora –me respondió Bastian enojado. *–Pero podremos pronto, si todos hacemos nuestra parte.*

Quedé en silencio mirándolo a los ojos. Dentro me corría un torbellino de emociones. Enojo. Impotencia. Ira. Y se notaba en mi mirada.

¿Tú crees que estoy contento con esto Adán? –continuó

Bastian, ya con menos paciencia. – *¿Cómo esperabas que te diéramos la atención que te dimos, si salvamos a todo aquel que pone un pie en esa Catarata? ¿Crees que el viejo te habría podido ayudar? ¿O el doctor Walter? ¡NO! ¡ESTARÍAN DEMASIADO OCUPADOS PARA TI Y TUS PROBLEMAS! Entonces somos pocos para toda la necesidad que existe y nos toca elegir, nos toca elegir correctamente, sin margen de error. Algunos quizás no serán salvados hoy, por cientos de miles que sí estarán mañana. Pero tú no lo entenderías. No tienes esa responsabilidad... te equivocas.* –Me mantuve callado unos instantes pensando en esa última frase.

–Tienes razón, me equivoco y me equivoco seguido –le dije. Bastian quedó un tanto desconcertado con mi respuesta, pero rápidamente volvió a poner una expresión firme para que no lo notara. Continué diciendo

¿Recuerdas la vez que me trajiste aquí y me preguntaste que creía que hacían? Ese día estaba seguro que eran buenas personas. Pero me equivoqué... ustedes no son buenas personas, solo pelean por sus propios intereses.

Todos comenzaron a decir frases excusándose y yo continué. – *Pero voy a aprender de mis errores* –salí de la habitación.

Bastian se me acercó para tomarme del brazo, evitando que saliera por la puerta sin arreglar la situación. Pero yo creía que no había nada que arreglar. Lo empujé de imprevisto. Lanzándolo sobre uno de los que estaban ahí. Luego, crucé la puerta, sin decir nada a nadie. Salí de la sala y comencé a correr. Escapé del bunker. Huí de las alcantarillas. Harto de las mentiras salí del lugar repitiendo una frase en mi cabeza.

–Buena suerte con entrar al Banco sin mí, idiotas.

Capítulo 16

CONFLUYEN

Me dirigí directo al norte, ya llevaba un día de camino. El plan era cruzar de la comuna once a la nueve. Sinceramente no sé qué pretendía allí. Solo quería escapar de todo. Es doloroso cuando encuentras una familia, pero esta también te defrauda. Mi mente se veía atravesada por una idea, una frase… "Era demasiado bueno para ser real". Los únamans. Gente que busca salvar gente. Demasiado bueno para ser real. Personas que esconden las partes oscuras, solo para que puedan sacar algo de ti, para sacar ventaja de tu condición. Aun así, debía reconocer que había cosas en las que sí tenían razón: que nacimos con una sola personalidad, que el Estado nos insertó las otras y de esta forma, que nos dañó. Tienen su verdad también.

En ese viaje creía que estaba seguro de mi decisión, pero en realidad estaba muy confundido. Vagaba en conversaciones mentales entre una especie de "pros y contras" sobre la rebelión. El sistema está podrido, eso es real. Y la que era nuestra esperanza al parecer también, pensaba. O no del todo, es decir… si, encontré buenas personas, que se preocupan por otras. Quizás el problema esté solo en los rangos altos, en los que toman decisiones. En mi mente buscaba pensar solo en lo malo, pero siempre aparecía algo bueno de ellos también.

El Sol comenzaba a esconderse. De tanto caminar había llegado a un alambrado de tres metros de alto aproximadamente, que recorría todo el horizonte de izquierda a derecha hasta donde alcanzaba a ver… Comencé a trepar y así pasar al otro lado. Al cruzar sentía que mi viaje estaba llegando a su final. Comuna 9. Fue extrañamente corto, estaba seguro que tardaría más, al menos un par de días. No lo pensé tanto y seguí caminando mientras pensaba en los únamans.

El césped estaba largo de este lado del alambrado, se estaba haciendo pesado caminar. Mantenía mi mirada en el suelo para evitar tropezar con alguna alimaña escondida entre los pastizales.

En un momento levanté la vista porque oí a lo lejos el fuerte ruido de un vehículo cruzando a gran velocidad, a la distancia en la que estaba de mí, se veía del tamaño de un sacapuntas. Me pareció extraño. No logró verme. Pero yo si logre ver su intención, como si estuvieran buscando algo. Continué caminando hasta acercarme al camino por donde habían pasado. Me encontraba en una colina. Desde la altura pude ver con claridad un enorme edificio: tres pisos de alto, al menos doscientos metros de ancho por cuatrocientos de largo. Una bandera roja y negra con un búho en el centro, flameaba al viento. Era la bandera del Estado. Me di cuenta de mi error. Lo que creía que era el alambrado hacia la comuna nueve era en realidad un perímetro cerrado que protegía uno de los campos de concentración del Estado. Aquel campo donde yo estuve algún día. Aquel campo en que los niños eran traumados desde pequeños forzando la multiplicación de su personalidad. Había entrado a uno de esos lugares de dolor.

Me asusté. Realmente me asusté. Sería un terrible problema si alguien me veía ahí. Sin pensar mucho di la vuelta para correr para volverme sobre mis pasos, intentando salir lo más rápido que podía cuando escuché un grito. Un grito agudo, de miedo, de alguien... muy pequeño. Giré mi cabeza hacia la derecha mirando por encima de mi hombro cuando desde la colina la pude ver, a metros de distancia, dos pequeñas niñas que estaban corriendo con desesperación, cruzando todo el campo, tratando de escapar. Dos guardias las habían visto, llegaron a atrapar a la que se encontraba más cerca. Vi como la lanzaron volando en el aire varios metros junto a unas rocas, por pura crueldad, desalmados. Comenzaban a correr a la que le faltaba atrapar y ella había aprovechado la situación para ganar territorio. Era una niña muy pequeña, por sus pasos cortos no tardarían mucho en alcanzarla. En ese momento me vi en una encrucijada. Tenía la posibilidad de correr y salvar mi vida, sin que nadie se enterara de que estuve ahí, o bajar intentando salvarla. La segunda opción era un acto suicida, dos soldados entrenados para matar contra mí, un mediocre oficinista de escuálida forma física. ¿Qué era lo que quería ser? ¿Qué era lo que esperaba de mí? ¿Qué es lo que esperaba de los únamans? Lo mismo que yo les reclamaba a ellos ahora estaba delante de mí, la oportunidad de salvar vidas. Todas las vidas. Sin importar las consecuencias, sin importar si tal vez no iba a poder contar esta historia... bajé...bajé corriendo.

La altura de la colina me hizo tomar velocidad mientras corría en picada. Debía tener cuidado porque en el suelo habían muchas rocas, en caso de tropezar y golpear mi cabeza contra alguna de ellas me habría sentenciado antes de siquiera llegar. Bajé desesperadamente, la niña no entendió que venía para salvarla, seguro creyó que era otro guardia. Cuando me vio se asustó y comenzó a correr en sentido contrario pero de allí venian los soldados, el miedo la paralizó y se quedó parada allí, llorando. El problema consistía en que ellos si entendieron a qué venía.

Llegué primero a la niña así que la tomé y le dije: –Voy a sacarte de aquí ¿Sí?...

No me respondió nada, solo continuó llorando. Me paré delante de ella, cubriéndola, preparado para enfrentar lo que viniera. En ese momento debo decir que el odio me venció. Sus trajes me recordaron la tragedia que provocó mi trauma, como me habían hecho creer que había asesinado a mi amigo. Me recordaron a este mundo podrido por un sistema inmundo. Autodestruido por el propio veneno que brota de su interior. Me recordaron las mentiras de tantos años, y la verdad escondida que no sale a luz porque deciden callarla. Porque los que tienen voz deciden silenciar. Vi en sus rostros la imagen del Primer Ministro comandando este macabro plan con demencia. Dentro de mí se volvió algo personal. Era como si tuviera la oportunidad de pelear contra el Estado hecho carne y escupirle todo mi odio en su cara. La adrenalina me hacía ver todo a mayor velocidad y con más claridad. El corazón me saltaba del pecho. Al acercarse los guardias comenzó nuestro ida y vuelta de golpes. En realidad solo vuelta, no logré concretar ninguno. Uno de ellos me lanzó una patada en la rodilla que me dejó postrado en el suelo. Y antes de que pudiera ponerme de pie, el otro me dio un fuerte puñetazo en la cara. Pasé de estar de pie con toda mi valentía a, en menos de tres segundos, tener mi rostro contra el suelo. Todo me daba vueltas. Sentía un silbido que no me permitía escuchar nada, excepto a ellos riendo mientras intentaba encontrar aire. Uno se acercó pateando mi estómago mientras el otro iba por la niña. Comencé a sentir que algo caliente me recorría el rostro, al abrir los ojos vi que era mi propia sangre que brotaba y que corría por el suelo. Ese puñetazo me cortó la ceja. ¿Era éste el fin de mi acto heroico? ¿Qué acaso aun con las buenas intenciones no se puede lograr nada? Seguro iban a terminar conmigo, y seguro le dirían a la niña que mi muerte fue su culpa. Tal como lo hicieron conmigo.

Intentando recuperarme pude ver a mi lado una roca grande, del tamaño de un melón, pero con varias puntas. El Estado ha jugado sucio cada día de nuestra vida, atacándonos. "¿Qué tal si esta vez me toca a mí jugar sucio?" pensé. –Voy a sacarla de aquí.

Rápidamente tomé la piedra con ambas manos y me levanté de un salto apuntando directo al rostro de uno de ellos. Creo que un pedazo de su mejilla voló junto con él, mientras caía de espaldas. La roca era más afilada de lo que creía. Con uno en el suelo, me quedaba aún el otro que estaba de espaldas a mí, ya que había intentado agarrar a la niña. Al escuchar el ruido del impacto dio la vuelta para ver. Sin embargo, era demasiado tarde. La piedra ya había comenzado el trayecto hacia su rostro. Pero el sujeto no cayó desmayado, era mucho más duro. Aún estaba por levantarse. Así que, me puse encima, bloqueando sus brazos con mis piernas para inmovilizarlo. Entonces, comencé a golpearlo en la cara una y otra vez. Era todo mi dolor e ira contenida hacia el Estado encarnado en una persona, que estaba recibiendo todo. En ese momento salió lo más oscuro de mí, cuando lo pienso bien siento que no era yo. Me avergüenzo, mientras lo cuento. Se me fue de las manos. Al finalizar, mis nudillos estaban sangrando. Mirando a los costados, caí en la locura de lo sucedido. Tenía que escapar. Tomé rápidamente a la niña y comencé a correr hacia el alambrado para salir de allí. Mientras lo hacía, se empezaron a escuchar algunos gritos y creo que algún disparo también. Nos habían visto.

Capítulo 17

AGRADECIMIENTO

Corría desesperadamente, cruzando el alambrado comenzamos nuestra huida a campo abierto. A mis espaldas se escuchaba el sonido de una espantosa sirena. Venía del campo de concentración. Por ese ruido y la desesperación de los sujetos, me preguntaba ¿Son estudiantes o son presos? Es más cercano a una cárcel que a una escuela.

Cada diez pasos giraba la cabeza hacia atrás tratando de ver si los teníamos cerca. No lograba ver a nadie. Pero escuchaba los ruidos de los vehículos como si estuvieran justo detrás de la línea del horizonte, esperando para hacer su presentación.

Entre los verdes pastos iba con velocidad, pero el peso de la niña hacía que mi paso sea más lento, no tardarían mucho en alcanzarnos. En el momento en que más cerca escuchaba el rugido del motor, el destino me premió. Una cueva. Eso vi, una cueva. Encaré sin dudarlo hacia ella para escondernos allí. Pero cuando estaba por entrar me detuve. La verdad debo decir que... me asustaba. El lugar era simplemente... tenebroso. Húmedo. Vacío. Parecía más como si nos adentráramos directamente en "la boca del lobo", que en el lugar de nuestra salvación. Hasta que volví a escuchar el ruido de los motores y entendí que no había otra opción. Entre directo, casi hasta el fondo. No era mucho, serían unos tres metros de profundidad. Pero la oscuridad nos abrazaba lo suficiente para protegernos y nos escondimos sentados detrás de una roca, para que no nos vieran. Pasaron segundos hasta que pude escuchar el ruido de sus vehículos como seguir de largo. Debían creer que aún seguía delante de ellos y me alivié. Necesitábamos quedarnos allí hasta que regresaran, sino los cruzaríamos a medio camino y todo habría sido en vano.

A los pocos minutos, mientras esperaba, sentí algo que pasó entre mis pies. Una araña de patas largas, me hizo retorcerme en el lugar. Disimulé para no asustar a la niña, tuve suerte de que ella no la viera. Estuve a centímetros de asesinarla de un pisotón por el susto. Pero mi puntería no fue buena en ese momento.

Había pasado un largo tiempo ya. La adrenalina bajó. Logré ver todo con mayor claridad. ¿Habré matado a esos dos hombres? Pensaba. Muy difícilmente alguien sobreviviera al golpe de esa roca.

En un día había pasado de salir de las alcantarillas escapando de los únamans porque dejaban morir personas, a asesinar a dos hombres con mis propias manos "¿En qué soy distinto?" me preguntaba por dentro.

Probablemente, soy peor. Al menos lo mío fue por una buena causa, es decir, puse mis intereses por delante de mi vida. Fue por esa niña… Y salí de mi mente por un momento, dándome cuenta que en las últimas horas solo había estaba pensando en mí. Me detuve para preguntarle: – *¿Cómo estás? ¿Cómo te sientes?*

No recibí respuesta. Solo mantenía su cabeza contra mi pecho. Pobre, no debía entender nada. Ni quién era yo, ni qué hacía aquí conmigo. No le había dado ninguna explicación.

–*Mi nombre es Adán* –le dije con la mayor suavidad y amor que pude encontrar en mí. Seguía sin responder, así que continúe –*Vamos a estar bien ¿Sabes? Todo va a salir bien… ¿Me crees?…*

Todavía apoyada en mi pecho, movió su pequeña cabecita hacia arriba y hacia abajo varias veces, respirando fuerte. Me conmovió el alma "*¿Qué voy a hacer con ella?*" me pregunté. Ni siquiera sabía que iba a ser de mí, a donde iba a ir solo. Menos sabía que hacer teniendo a esta niña conmigo. Horas pasaron en un intercambio verbal de Adán vs Adán dentro de mi mente. Tratando de encontrar qué hacer.

Al rato mis pensamientos se vieron interrumpidos por los ruidos de motores de los vehículos que regresaban. Aferrándonos a la roca que nos tapaba, rogaba que no se dieran cuenta que alguien había entrado a la cueva.

Solo escuchaba. No quería darme vuelta para ver. El sutil sonido de los vehículos se hacía cada vez más fuerte. Comencé a temblar. La boca me temblaba. Las manos me temblaban mientras acariciaba el pelo de la niña para darle tranquilidad. El sonido fue creciendo continuamente hasta que cuando más fuerte se oía, se detuvieron. Y apagaron el motor. Pude escuchar decir a alguien:

¿Por qué te detienes?

Hay una cueva allí, podrían haber entrado.

Escuché cada paso como si fueran los de un gigante. Mis nervios estaban tan alterados que podía sentir el suelo vibrar con cada pisada. Cada vez más cerca. Y cuando sentí que estaba justo en la puerta alcancé a oír:

–No hay nadie ahí jefe. De haber entrado habrían roto la telaraña en la entrada de la cueva.

Encendieron los motores y se fueron a gran velocidad.

¿Qué telaraña? Pensé. No había ninguna cuando entré.

Al dar la vuelta vi la araña de patas largas. Aquella que cruzó entre mis pies y que yo casi había aplastado, nos había salvado la vida. El cielo estaba de mi lado, obrando a mi favor. Del alivio comencé a reír y llorar al mismo tiempo. Qué alegría. Solo podía decir "gracias".

Al mismo tiempo que vi la telaraña pude notar que había pasado casi todo el día, el ocaso nos estaba atrapando y la niña había seguido... igual. Es decir, su personalidad aún no cambiaba. Al menos una vez al día todas las personas viven una transición. Es prácticamente "reglamentario". Había vivido así toda mi vida, sabía de lo que hablaba, pero ella... aún no había transicionado. Aun estando todo el día conmigo. Era extraño. Miré detrás de sus orejas y… no tenía chip.

En ese momento tuve un instante de lucidez.

–Ella... Ella... –no podía completar la oración. Pero en mi cabeza lo entendí.

Y salí de la cueva. Salí corriendo. Corrí de nuevo a las alcantarillas. Debía volver. No habría otro lugar donde ella podría estar segura. Quizás era la primera niña limpia, sin múltiples personalidades en muchos años. Merecía tener ese futuro. Mantenerse así, y con los únamans podía crecer de esa manera. No estoy de acuerdo con muchos de los métodos de la revolución, como por ejemplo con su facilidad para decidir a quién salvarle la vida y a quién no. Hay muchas cosas que deberán cambiar. Pero es preferible tener algo a no tener nada. Los únamans hoy son una esperanza, aun con sus errores. Son un punto de partida para poder ir mejorando. Vale la pena ser parte. Vale la pena realizar este ataque al Banco de datos si hacerlo permitirá salvar a miles como esta niña.

Pasé la noche corriendo sin detenerme. Corrí hasta que salió el sol. Podía ver en el horizonte, cuando el Sol brillante iluminaba para mí la puerta de entrada a nuestro refugio. Las piernas no me respondían más, pero debía seguir, ya casi llegaba.

Entré lo más rápido que pude. Al bajar la niña comenzó a tener arcadas por el olor de las alcantarillas. Pobre, no pudo parar de llorar en todo el viaje, un día conmigo, sin comer, sin beber, y ahora debía soportar este nauseabundo olor.

–*Lo siento* –le dije. –Pero, no hay otro lugar donde puedas estar más a salvo que aquí.

No me miró, ni emitió respuesta alguna. Sin embargo, creo que me entendió.

Vi a Daiana y fui directo a ella.

–*Daiana necesito que la cuides* –le dije. Mientras, se la entregaba en brazos.

¿¡Dónde estuviste!? Todo el mundo está como loco aquí por tu… ¿¡Qué diablos te pasó en el rostro!? –preguntó asustada mientras la recibía en sus brazos.

¡No importa ahora! –interrumpí. –*necesito que me digas donde esta Bastian.*

–*En el Ala Este, en la sala de reuniones* –respondió preocupada. Yo seguía caminando a gran velocidad. Entonces, preguntó:

¿Y esta criatura?

–*Cuídala por favor, la rescaté.* –Y seguí corriendo hacia la sala.

Bueno, creo que a partir de ahora están al día. Me encuentro yendo hacia la sala a confrontar a los que toman decisiones. Porque realmente creo que podemos hacer algo bueno de esto. Tenemos mucho que mejorar. Sí. Pero también entiendo que este lugar es la única esperanza para qué nuestro mundo cambie, para que mejore. La oportunidad de salvar vidas hoy, y aún más, salvar a las de las generaciones que vienen. Sé que está en mí la responsabilidad. La de lograr que este ataque se pueda concretar. Estoy dispuesto a hacerlo, pero con mis términos y condiciones. A eso voy, a negociar. Espero acepten.

Capítulo 18

VOLVIENDO

L legué ante la puerta y entré sin tocar. En otro momen to de mi vida me habría frenado, lo habría pensado bien, pero ya no había nada que pensar. Por primera vez estaba cien por ciento seguro de quién era y que quería lograr.

Al ingresar pude ver la sala llena. Papeles en la mesa, colillas de cigarrillo y un humo contribuía a las penumbras. Cabellos desaliñados, mangas arremangadas. Si hubiera sido una pintura la llamarían "Estrés, óleo sobre tela".

Los ojos de todos se enfocaron en mí, y las manos que sostenían cabezas preocupadas en cómo solucionar el plan se tornaron en puños cerrados, pensando cómo contenerse para no asesinarme. Todos, menos Bastian. Él se abalanzó sobre mí, empujándome sobre la mesa, de igual manera que yo lo hice el día de mi huida. Todos se levantaron y se acercaron. Algunos para separar, otros para quitar a los primeros. Algunos querían ver mi cara hecha añicos. Más de lo que ya estaba. Forcejeamos por varios segundos que se sintieron como largos minutos. Dicha situación volvió a abrir mi corte en la ceja. Había tanto ruido en la sala que no pude escuchar la gran cantidad insultos que llovían sobre mí. Pero me alcanzó con leer los labios para entenderlos.

Nos separaron y me pusieron del otro lado de la sala, lejos de Bastian que seguía muy enérgico.

¡IDIOTA! —me gritó — *¡TE DAS CUENTA TODO LO QUE PUSISTE EN RIESGO! ¡TODO LO QUE HEMOS HE-*

CHO POR TI!.. Ya, ya suéltame... —se acomodó la camisa y continúo. Mientras, yo hacía presión con mi mano sobre la herida de la ceja. —*Dame una buena razón para no...*

—*Te daré solo una* —interrumpí. Mi plan es verme seguro. Así que me comporto como si nada me importara, como si las cartas estuvieran de mi lado. —*Me necesitan.*

Lanzando una carcajada irónica me respondió

¿Te necesitamos? ¡Ja! ¿En serio eso crees? —miró hacia los costados moviendo la cabeza de un lado a otro, indignado. —*Te vas ante la primera cosita pequeña que encuentras, por "algo" que no te gusto, escapando como un adolescente histérico. ¿Y crees que puedes volver*

siendo el salvador? ¿Te crees Superman, acaso? ¿Quién diablos crees que eres? Yo te diré que eres, eres un desagradecido y alguien que no entiende lo que hacemos aquí.

Tragué saliva. Entre los escenarios imaginarios que surgieron, en el trayecto de la entrada de la alcantarilla hasta aquí, no había surgido ninguno parecido a este. Sinceramente estoy nervioso. Pero, si pretendo negociar, debo mantener mi mirada firme en sus ojos, sin titubear. Y eso hago.

¿Ah sí? ¿Y cómo pretendes entrar sin mí? –respondí en seco.

Bastian frotó ambas manos en cada costado de su cabeza, sobre la cien mientras me contestó.

–Adán… ¿Crees que somos unos improvisados? Te voy a dejar algo en claro. –me dijo apuntándome con el índice. *–No eres nuestro único plan. Debíamos estar preparados para que fueras solo una opción. Tenemos plan B, C, D, no importa. No eres indispensa…*

–Pero ninguno de esos planes van a funcionar –interrumpí de nuevo. Jamás había sido tan impertinente al hablar con alguien, pero sentía que al no dejarlo terminar mis palabras sonaban más seguras. La verdad es que no sé si funciona, pero esa es mi carta. La mirada seria, fría. La voz seca. La seguridad.

¿No? –contestó levantando sus cejas y mirando desafiante. Hasta se levantó de su silla, temí que viniera a golpearme de nuevo.

Respondí sin hablar, moviendo la cabeza sutilmente de un lado a otro, desaprobando con los labios. Minimizando su opinión al máximo. Hasta casi con desprecio.

La mayoría de la gente en sala estaba odiándome. Tenían los labios apretados, los puños fuertemente cerrados. Miradas penetrantes que sentí llegar hasta lo profundo de mi ser, pero por fuera me mantuve inmutable.

Bastian iba a comenzar a hablar, hasta que levanté la voz y le dije al bigotón que recordaba de la última vez que había estado allí.

¿Qué día es mañana? –le consulté apuntándolo con el índice de mi mano derecha.

La sala quedó en silencio por algunos segundos. Cruzaron miradas confundidas entre ellos y el de bigotes respondió:

—Martes.

Miré fijamente a Bastian y comencé a explicar. *—Cada martes llega al Banco de datos un vehículo a traer suministros. Principalmente alimentos para el comedor, utilería de limpieza, etc. Este vehículo no es un automóvil que ingresa al estacionamiento a la vista de todos. Ni un helicóptero que deja todos los elementos en el techo y luego se reparte a todo el edificio con... bueno... más ojos que pueden verlos. Este vehículo es un tren... subterráneo.*

Sus ojos se hicieron gigantes, cada uno parecía la yema de un huevo frito. Aproveché para continuar mirando a todos a los ojos, había ganado la atención del lugar. Se podía escuchar hasta la colilla de cigarro caer sobre el cenicero. Mi ego estaba por las nubes, así que con el silencio a mi favor continúe. *—Esta estación está en el primer subsuelo, y la bóveda del algoritmo en el segundo. Ahora bien. La seguridad, no es buena en estos trenes, ni en la estación. Cada quien en la sociedad hace lo que debe hacer y punto. Según el algoritmo todos estamos en nuestro "trabajo ideal" así que nadie se sale del plan, por esta razón la inseguridad se ha reducido al mínimo en nuestras comunas. Por ende, nadie va a provocar ningún daño. Así que, no nos esperan señores.*

El silencio se hizo eterno. Lancé mi mejor sonrisa recostándome cómodamente en el respaldo de la silla. Mi "as bajo la manga" había sido letal.

Bastian tragó saliva con disimulo, no quería verse atónito, es muy "duro" para asombrarse. Pero sé que lo estaba. Al terminar de tragar me preguntó *– ¿Tu sabes llegar... a la estación del subterráneo?*

Abrí mis manos mostrando las palmas y contesté con certeza *—por supuesto.*

Comenzaron a sonreír, algunos a reírse de los nervios. Era una noticia fantástica. Con la bóveda en el segundo subsuelo estábamos a un piso del objetivo.

—Silencio... silencio... —dijo Bastian, y sonriente continúo.

–La pregunta ahora es ¿Dónde interceptamos el tren?

–Bien, ahí está el inconveniente. Contesté, sus sonrisas se tornaron en preocupación. *–Sólo les puedo decir donde interceptar el tren con una condición... quiero tener un lugar en esta mesa.*

Su preocupación se volvió furia. Pasaron de odiarme, a respetarme, casi diría que hasta quererme, para terminar odiándome de nuevo.

Algunos intentaron abalanzarse sobre mí otra vez, mientras otros trataban de evitarlo. El murmullo se adueñó del lugar. Entendieron mi solicitud como si estuviera aprovechándome de ellos para ganar un lugar. Pero no era eso. Ahora veo que mi arrogancia en la charla me jugó en contra, pero también sabía que era la forma en que podría hacerme escuchar. No es oportunismo, es que... creo que podemos ser más que esto y debo pelear por lo que creo. Mantuve el silencio hasta que las aguas se apaciguaron porque quería explicarme.

Mientras las voces se calmaban escuché a alguien decir:

¿Dónde diablos estuvo este imbécil?

–Allá afuera. –contesté levantando la voz y me puse de pie. Sus voces bajaron. *–allá afuera... y no volví solo... rescaté a una niña. –* Ahora si estaba nervioso, vino a mi mente todo lo que había vivido en esos dos días fuera. La boca me comenzó a temblar por los nervios y sentí ganas de llorar.

–Sí, rescaté a una niña del campo de concentración que tiene el Estado, a muy pocos kilómetros de aquí... No tiene chip... Estoy seguro que no debe transicionar. –El lugar quedó en completo silencio, hice una pausa mirando a todos a los ojos y continúe. *– ¿Alguien sabía de ese campo cerca de aquí?...* –nadie respondió. *–Estamos tan bajo tierra que no podemos ver más allá de esa Catarata. Tan encerrados en lo que "tenemos" que hacer que hemos perdido la sensibilidad a la necesidad de hoy. Podemos salvar al mundo el día de mañana, cuando el Primer Ministro sea Únaman. Pero, debemos salvar a los que podamos hoy también. No podemos hacer ojos ciegos a la necesidad. No nos quedemos encerrados en estas cuatro paredes. No nos quedemos solo con los que pueden ayudarnos o sernos útiles. Hay gente que está muriendo y está muriendo ahora. Y somos culpables señores, me incluyo... Somos culpables de enfocarnos en nuestro plan y no en la*

necesidad.

–Hay una realidad que nos necesita en este mismo momento. Quiero un lugar en esta mesa. Para que los únamans, como la única revolución en décadas, podamos debatir y pensar cómo salvar el mundo mañana, pero también como salvarlo hoy.

El sonido terminó al finalizar mi discurso. Todos cruzaron miradas. Quedé parado algunos eternos segundos. Nadie dijo nada. La tensión se transformó en incomodidad. Incluso yo me sentí incómodo. Estaba por sentarme hasta que Bastian con voz calma y mirándome a los ojos me dijo:

Adán… ¿Podrías esperar afuera un minuto?

Salí caminando lentamente, con la cabeza agachada. Creo que fracasé. El ruido de mis pasos que se escuchaban como golpes de martillo al suelo, mi única compañía en la retirada. Creo que no funcionó. Esperaba afuera pensando, tanto sacrificio, todo lo que corrí para traer a la niña, y para poder llegar a tiempo a cambiar su plan. Todo fue para nada. Esperaba que al menos acepten cuidarla. Los minutos se sentían como horas. Y el dolor del fracaso dolía más que el corte de mi ceja.

Escuché un ruido así que volví a meterme en el papel del "hombre seguro".

Se abrió la puerta, salió el señor de bigote. Ni siquiera Bastian vino para notificarme la mala noticia. Tampoco vino el jefe. Qué vergüenza.

¿Quieres entrar un momento? –me preguntó.

No dije nada, ingrese sorprendido y al mirar vi entre la mesa… una silla más… vacía… Con un cartel con mi nombre... Adán.

Capítulo 19

R-ATRACO

Día del atraco. El día D. No pude dormir en toda la noche, estoy llegando al Banco prácticamente amanecido.

Miro mi reloj, 9:58 a.m. Llego sobre la hora. Ficho con mi chip k, al cruzar la puerta de entrada. Todos me saludan luego de tantos meses sin verme. Preguntan porque estoy calvo. Donde estuve estos meses. Etcétera. De mi boca salen respuestas que no escucho, mi cuerpo está con ellos, pero mi mente está en otro lado.

Miro mi reloj, 10:15 a.m. creí que había pasado al menos una hora pero hace poco más de quince minutos que estoy aquí. Mi mente vuela. Estoy funcionando a mil revoluciones por minuto. Repaso todo paso a paso. Creo que no me olvido nada.

Miro mi reloj, 11:01 a.m. toque mi pierna con desesperación. Creí que había olvidado atarme el Walkie Talkie en el gemelo. Por suerte estaba ahí, me volvió el alma al cuerpo. Espero no haber llamado la atención con mi movimiento al revisar. Es que es muy importante, el único medio de comunicación entre los que atracan el tren y yo. En realidad no sería el único, pero es el único irrastreable. Con el avance de la tecnología ya nadie usa las antiguas ondas de radio. El Estado solo utiliza la última tecnología, lo mejor de lo mejor. Gracias por eso, le estamos sacando provecho.

Miro mi reloj, 11:47 a.m. Creo que estoy cerca de colapsar por los nervios. Tuve que ir al baño a mojarme la cara un poco. Al lavarme sentí el chip detrás de mí oreja. ¡OH NO! ¡¡EL CHIP!! Las cámaras de seguridad de aquí no son visuales, solo leen los chips, así saben en qué lugar está cada uno. Van a saber que están aquí, cuando entren. TENGO QUE AVIS... Un momento, un deja vu viene a mi mente. Esto ya lo mencioné...Si, ya lo mencioné, los que vienen en el tren se arrancaron los chips. Vuelvo a respirar profundo y lavo mi cara una vez más. Los nervios...el no dormir… me estoy volviendo loco.

Miro mi reloj, 12:06 a.m. El tren debería estar por llegar en cualquier momento. Espero no haber olvidado nada. Me levanto de la silla y voy caminando casualmente hacia la puerta de la escalera al subsuelo. Debo recibirlos. La puerta se abre desde adentro. Si llegan y no estoy... podría significar el peligro de ser descubiertos.

Bajo la angosta escalera, llego al descanso. Estoy abajo. A mi izquierda, la sala de Base de datos y servidores, allí dentro está la puerta hacia la bóveda del algoritmo. Frente a mí, la puerta correspondiente a la estación del tren. Abro la misma esperando que esté llegando el tren de suministros pero… no hay ningún tren… ninguno… oh no… oh no, no, no. ¡NO! Doy media vuelta y empiezo a correr subiendo nuevamente. Debo preguntarle a alguien, esto no puede pasar, no hoy. Al correr choco con alguien en el pasillo y tirando todos sus papeles al suelo. Estúpido. ¡Estás perdiendo tiempo! Me dije a mi mismo. Lo ayudo a levantar sus cosas y pienso, qué más da, voy a preguntarle a él.

–Toma… ¡ejem!… ¿Puedo aprovechar para hacerte una pregunta? Quizás para ti sea estúpida pero necesito hacerla.

Me mira un tanto confundido, girando levemente su cabeza hacia un costado y responde: –por supuesto.

– ¿Hoy es el "Día de Claridad"? –pregunto nervioso, esperando que me responda lo que quería escuchar.

–Sí, es hoy. Se adelantó ¿Qué no te avisaron? –contesta.

Es justamente lo que no quería escuchar.

Evado la respuesta como puedo, ni sé que digo, mi mente ya va hacia otro lado. Debo bajar lo antes para poder avisar, no podemos hacer esto hoy. No podemos.

Al llegar abajo tomo el Walkie Talkie de mi gemelo izquierdo y comienzo a modular:

BASTIAN, BASTIAN ¿ME ESCUCHAS? ¡ALGUIEN POR FAVOR!

Aquí Bastian, ¿Qué sucede? Est…

–Bastian debemos abortar ¡AHORA! –interrumpo. –Adelantaron el "Día de Claridad", es hoy, no podemos hacerlo. Aborten.

– Adán… s… se corta... ¿Puedes repetir?

–"El Día de Claridad". El único día en el año que viene el

Primer Ministro al Banco a informar de todas las muertes, los porcentajes de suicidio, etc. Ese día tan importante ¡Es hoy! No podemos hacerlo.

–Tiene que ser una broma… Espera, espera, no es tan grave. Él va a estar arriba y nosotros en el subsuelo. No nos afecta…

–No Bastian. No entiendes. Claro que nos afecta, el Primer Ministro también viene por el subterráneo.

¿QUÉ?

–La estación tiene dos trenes, el de los suministros y el tren personal del Primer Ministro.

¿Eres idiota Adán? ¿COMO NO NOS DIJISTE ESO?

–Es que… –me quito la transpiración de la frente. –no…

No era importante… el tren del Primer Ministro siempre está aquí, solo se usa cuando viene… y… y… cuando bajé no lo vi, por eso fui a preguntar y me enteré que lo adelantaron.

Por un rato todo queda en silencio… No recibí ninguna respuesta. Camino de un lado a otro…

–Bastian... Bastian ¿Me escuchaste? No podemos hacerlo, con los medios aquí y la seguridad del Primer Ministro en todo el edificio esto…

¡Esto va a ser un suicidio!

Apenas puedo sostener el aparato por los nervios. Me tiembla la mandíbula. Debo pensar, debo pensar. Aprieto el botón para decir algo más cuando... De repente empiezo a sentir que el suelo tiembla. Vi una luz que comienza a venir de uno de los túneles. Y ahora sí, Bastian me responde:

–Pues será un riesgo que debemos correr Adán porque… ya estamos dentro.

El tren llega. Cruzamos miradas. Yo desde la estación, Bastian del otro lado del vidrio, dentro del tren. Todos aquí. La bóveda a tan solo dos puertas de nosotros. Los medios, arriba. El Primer Ministro en camino. Con la mirada perdida, escucho a Bastian decir por lo bajo:

–Quizás no todos volvamos a casa hoy.

Capítulo 20

SILENCIO

Mientras hago entrar a la gente a la sala de servidores, en grupo de cinco personas. Solo puedo pensar en esa última frase que oí.

¿Es este mi último día? ¿Fue mi último despertar?

—Bastian. —Le digo y lo tomo del brazo. Intentando frenarlo para que lo pensemos un momento. — *¿Estás seguro de esto? Es casi comprar un boleto directo hacia la muerte... para todos los que estamos aquí.*

Me mira con una ligera sonrisa, pero responde con seguridad: —*Si la semilla no cae y muere nunca dará fruto. Nunca nos tocó ser el fruto Adán. Somos la semilla... la semilla de la revolución–*. Me sonríe de nuevo y se separa de mí para dar indicaciones a todo el grupo. —*Okey muchachos, tendremos compañía. Vamos a hacerlo, pero necesitamos ser lo más silenciosos posibles. Toni tú...*

No termino de hablar Bastian que escuchamos el ruido del otro tren. El Primer Ministro está llegando al Banco. Una gorda gota de transpiración comenzó a bajar por mi frente. No sé si es mi imaginación o si realmente está sucediendo así, pero puedo escuchar cada paso detrás de la puerta. Pidiendo al cielo que nadie se equivoque y entre aquí por error. Sería nuestro fin, antes de que siquiera hayamos comenzado. Nos mantenemos en silencio hasta que los pasos terminen. Se escucha como comienzan a subir la escalera y por debajo de la puerta se ve la sombra de unos pies. Cierro los ojos por un momento, esperando a que entren y terminen con esto. Pero no sucede. Al parecer es solo un guardia que vigila la puerta, hasta que el Ministro regrese.

Al esperar por unos minutos y ver que todo se mantiene igual damos por sentado que todo está listo y nosotros comenzamos a tomar nuestros lugares.

Bastian, sin emitir sonido, comienza a indicar.

—*Toni, ve a la puerta que da al segundo subsuelo. Necesitamos que la abras pero por favor que sea lo más silencioso posible.*

¿Dónde está? —pregunta.

—*Al fondo a la izquierda* —responde.

—*Toma su mochila con el equipo que necesita* —Y mientras se retira

Bastian le dice: *–Ah... Toni... Sé que siempre que forzaste una puerta, nunca saltó la alarma... hoy no es un buen día para que rompas el Invicto.*

–No pasará jefe– Contesta, con una sonrisa sobradora.

*–Adán, tu vigila la puerta, eres el único que trabaja aquí, si te ven no sucederá nada –*Asiento con la cabeza y él continúa:

–Luca, tú quédate con Toni. Cuando abra la puerta ayúdalo a abrir la bóveda. Y Oliver, tú te quedarás conmigo... por si la cosa se pone ruda.

Pasan los minutos que se sienten como horas. Debo decirlo, Toni está haciendo muy bien su trabajo porque no se escucha nada. Cada tanto podemos oír algunos aplausos que vienen de arriba. Si lo pienso fríamente es una locura. Nosotros aquí, el Primer Ministro arriba junto a los medios de comunicación. Y sin irnos tan lejos, detrás de esa puerta, un guardia armado que ante el menor sonido sospechoso podría entrar a hacernos añicos en segundos.

Sigo pensando, supongamos que todo sale bien, aun así…

¿Cómo haremos para salir de aquí? Es decir, nunca lo planeamos teniendo en cuenta una guardia militar. Habríamos contemplado, al menos, generar una distracción, un…no lo sé, un "algo".

Mientras mi mente viaja de un lugar a otro, veo a Tony, a lo lejos, en la otra pared. Está haciendo gestos con la mano para que lo siga. Parece que nos está llamando a todos. Creo que no es normal. Temo que algo más suceda.

*–Okey –*dice, a todo el grupo. Está tragando saliva, se lo ve nervioso. No me gusta. Tengo una buena noticia y una mala noticia.

*–No vengas con los juegos de las noticias, Toni –*contesta Oliver con poca paciencia. Creo que es el más nervioso de todos.

–Ve al punto y ya.

*–La buena –*sigue Toni, como si no lo hubiera escuchado.

–Es que la puerta del subsuelo está abierta, la alarma no sonó. La

verdad fue muy fácil… –sonríe orgulloso, afirmando con su cabeza el trabajo bien hecho.

–*Gracias a Dios* –completa respirando hondo, Oliver.

–*Estamos a solo un paso.*

¿Y la mala? –pregunto.

–*La mala es que…* –y sus ojos se abren por la preocupación: –*es que no podemos abrir la bóveda.*

El aire cambia en un segundo. El silencio nos abrazó con una electrizante sensación. Un frío me recorrió el pecho.

–*Pero…pero* – comienza Bastian, titubeando – *¿Cómo no puedes Ton?*

–*No se parece a los planos que robamos de la bóveda hace meses. Ésta tiene un mecanismo que solo permite al Primer Ministro abrirla. Es un lector Ocular Biométrico y el único registrado es el del Primer Ministro no puedo hacer nada contra eso.*

Todos siguen hablando, mientras yo me refugio en mi mente de nuevo. Solo logro escuchar algo como "tiene que haber alguna forma", "No pudimos haber llegado hasta aquí para terminar así". Pero mientras ellos discuten entiendo lo que debemos hacer. Creí que la llegada de ese tren nos complicaría, pero en realidad nos salva.

Mientras, Toni dice: *–No depende de mí Bastian... A menos que traigas el ojo del Primer Ministro no podré abrir...*

–Eso haremos. –Interrumpo, sin levantar la mirada del suelo. Tratando de armar la frase que estaba por salir de mi boca.

¿Qué cosa Adán? –pregunta Bastian.

Lo miro a los ojos y le contesto: *–Secuestraremos al Primer Ministro.*

Capítulo 21

PÉRDIDA

Todos se quedan congelados. Pero el silencio hace que la idea cobre fuerza.

–*Adán* –me dice Bastian. –*Creo que estas tomando muy literal lo que dije de la semilla.*

–No. –Contesto rápido. –*Es el único camino, y lo sabes. Todos lo saben. No hay otra forma. ¡Tú lo dijiste Bastian, quizás no todos volvamos a casa hoy, y no necesitamos hacerlo! No es necesario que volvamos nosotros. Lo importante es que llegue el mensaje. La respuesta a "¿Quién será el próximo Primer Ministro?". Si logramos enviar el mensaje, aunque nos cueste la vida, habremos ganado. Eso es lo importante.*

Todo sigue en silencio. Pero era un silencio distinto. Un silencio de aceptación. Continúo: –*Quizás estas últimas horas sean las últimas. Y qué felices somos con tenerlas. Qué privilegio poder tener algunos minutos más. Algunos instantes, que quedaran sembrados en la historia como el momento que...quizás salvó a miles o millones. Y aunque fuese solo uno... pero vaya que habrá valido la pena. Quizás nadie nos recuerde. Quizás en un futuro nadie sepa nuestra historia, pero no importa. Habremos cumplido.*

Nadie dice nada. Pero entre las lágrimas que aguantamos, sabemos lo que tenemos que hacer. Ahora la pregunta es…

¿Cómo lo hacemos?

Comienzan a discutir distintos planes. Posibles distracciones acerca de cómo derribar al grandote detrás de nuestra puerta, de que hacer para que el Primer Ministro entre aquí, ya que, no tiene razones para entrar a la sala. Su registro ocular en la bóveda es por seguridad, no porque tenga necesidad de entrar. Pero cómo…cómo entrar, hasta que se me ocurre.

–*Sé cómo hacer* –digo, sonriendo con una mirada segura, como alguien que no tiene nada que perder.

¡Ja! Adán, –contesta Toni. –*hoy estás inspirado…*

Hay que decirle la verdad –respondo seguro.

¿Cómo?

—Hay unos rebeldes que quieren entrar a la bóveda, eso le diremos.

¿Dije inspirado? Quise decir: ¡Demente! —dice Toni. Sonriendo, miro mi reloj y contesto:

—Son las 15:42, el Primer Ministro debe haber terminado su discurso 15:30. Después, contestará algunas preguntas y luego bajará por la escalera a las 15:50, como mucho. Déjenmelo a mí. Vayan abajo, simulen que están atados y espérenme ahí

Sin esperar confirmación del grupo, me voy. Sé que en mi ausencia asumirán que tengo razón. El Primer Ministro no puede perjudicar su imagen, vendrá a impedirles cumplir el objetivo. Y si no lo asumen… bueno, no hay vuelta atrás. Volveré con él.

Salgo por la puerta y detrás de ella me encuentro con uno de los enormes guardias de su majestad. Traje negro, chaleco antibalas. Una pistola en el lado derecho de su cinturón. Auricular en su oreja izquierda. Absolutamente gigante. Un metro ochenta y nueve, por no decir noventa. Sus hombros tenían el tamaño de mi cabeza. Pero su cara esta tapada con una máscara negra. Supongo, que para que nadie sepa quiénes son. Lo miro consternado, simulo que estaba agitado y le digo:

—Necesito hablar con el Primer Ministro. ¡Es una emergencia!

Ni siquiera me mira.

Comienzo a subir la escalera, para esperarlo en la entrada de ésta.

Al parecer llegue justo a tiempo, se dirige hacia aquí, en el camino sigue saludando a gente o respondiendo alguna pregunta, pero continúa caminando hacia la escalera. Detrás de él, su guardia personal. Se distingue porque lleva un traje de color gris, diferente al resto. Al llegar a la boca de la escalera lo saludo.

—Primer Ministro, señor. —Le dije, acercando mi mano para saludarlo.

¿Qué tal? Me contesta, sonriendo mientras las cámaras aún lo filman de lejos. Al comenzar a bajar las escaleras, su expresión se transforma, como si le hubiera dado asco tocarme la mano y no vuelve a mirarme a los ojos. El Guardia personal me corre y quedan ellos

delante de mí mientras bajamos.

–Señor... Mi nombre es Adán. Trabajo aquí en el banco. Tenemos un inconveniente. –Ni siquiera pestañea. Debo ser más claro: *–Señor, atrapamos a unos rebeldes, aquí dentro.*

Se detiene en el descanso. Los guardias se dan vuelta y me miran.

–No ha habido ninguna revolución en décadas ¿De qué está hablando?– contesta, casi sobrándome. Y cuando está por comenzar a caminar de nuevo para cruzar la puerta y dirigirse al tren respondo.

–Pues parece que ahora sí hay una, señor –respondo temblando. *–Violaron la seguridad. Estaban intentando abrir la bóveda del algoritmo...*

Termino la frase y espero a que haga efecto. Se da la vuelta y me mira a los ojos.

¿Acaso es una broma? –me pregunta serio. Nunca me sentí tan intimidado.

–Señor, en una ocasión normal lo evitaría, por respeto, lo último que quisiera es molestar o hacerle perder el tiempo. Pero lo que le digo es real. Los atrapé abajo.

*¿Por qué no activó la al...–*quiso decir uno de los guardias, pero interrumpo.

–No activé la alarma, porque están todos los medios aquí. Lo que menos queremos es que la revolución tenga publicidad gratis. –Miro al Primer Ministro a los ojos. *–Tampoco queremos perjudicar su imagen, Señor.*

Se queda pensando por un segundo. Y dice a sus guardias:

–Tú y tú– apuntándolos con el índice. *–Terminen con ellos. Esperaré en el tren.*

¡NO! pienso por dentro y muerdo mi lengua para no decir nada. Sin embargo, observo como cruzando esa puerta con él, se retira también nuestra oportunidad. De nuevo al principio, todo fue por nada. Pienso por dentro.

Pero en el último instante se detiene y dice: – *No, déjenme que yo iré. Quiero quedarme tranquilo. Me pedirán explicaciones a mí de lo que sucedió–* y dándose la vuelta avanza hacia la sala de sistemas.

Me vuelve el alma al cuerpo. Mientras lo acompaño, la felicidad me invade por dentro, aunque por fuera me sigo mostrando "preocupado". Aun así no pueda evitar pensar qué significa eso que dijo. ¿Quién le pediría explicaciones? Es el Primer Ministro, no debe rendirle cuentas a nadie más que a él mismo. Quizás a alguna de sus otras personalidades. No lo sé. Pero no importa. Lo verdaderamente importante es que estamos bajando la escalera al segundo subsuelo. Ambos guardias nos acompañan. El de negro camina delante de él, el de gris va detrás y yo los sigo.

Al llegar abajo los vemos. Sentados en el suelo, apoyados en la pared con la cabeza gacha, mirando el piso. Las manos por detrás como si estuvieran atados o esposados. Siguen mis instrucciones, al pie de la letra. Más de lo que imaginé.

Los guardias se ubican uno al lado del Primer Ministro.

Yo me paro a espaldas del de negro.

Camino de un lado a otro, mirando el suelo, su Majestad tiene la cara llena de ira.

–*Sabes...*–comienza a decir. –*Hace muchos años, una última revolución se alzó para intentar detener al Estado. La exterminamos por completo. Incluso sus cenizas esparcimos, para que no quede rastro de la inmundicia. Así que díganme.* –Se detiene frente a Bastian, aunque les habla a todos. –*Si valoran, aunque sea un poco de su miserable vida... díganme cuantos son.*

Nadie dice nada. A su majestad no le gusta.

–*No fue una pregunta* –dice, levantando la mano para abofetear a alguien. *¡Fue una orden!*

Y cuando lanza el manotazo para golpear a Bastian.

¡CLAP! La atrapa.

La batalla ha comenzado. Salto por detrás del guardia antes de que

pueda tomar su arma y comienzo a ahorcarlo con mi brazo. De nada sirven los músculos cuando tiene una garrapata colgada en su espalda apretando su débil cuello. Oliver y Toni se lanzan sobre el otro. No puedo ver la batalla. Pero, logro escuchar los golpes y un disparo. Termino en el suelo sofocando al guardia, tratando de mantenerlo inmóvil. Es entonces cuando Oliver le da con la culata de su propia pistola. Me levanto y veo a Toni, con el arma del otro Guardia, que yace inconsciente en el piso. Está apuntando al Primer Ministro y gritándole.
– *¡Abra la puerta Señor!*

Me pongo a contemplar la escena por un momento. Dos guardias en el piso. La persona más importante de todo el Estado, de rodillas ante nosotros. Comienzo a contar para ver si están todos los nuestros. Pero, al mirar a mi izquierda veo a Bastian en el piso boca abajo, y de su costado brota un chorro de sangre.

–*Lleg...Llegué tarde,* –me dice Oliver balbuceando, con los ojos llorosos y las manos temblorosas. *Llegué un segundo tarde... antes de que pudiera tirar al guardia... Él recibió el disparo...*

Quiero correr a ayudarlo, cuando Oliver toma mi brazo y me detiene... Lo miro y no puedo entender porque...hasta que veo sus ojos, como si me estuvieran hablando. Bastian, ya partió.

Capítulo 22

FINAL

Es un balde de agua fría que no esperábamos. Aun cuando habíamos hablado acerca de la posibilidad de no regresar todos, nunca estás preparado para ver morir a uno de los tuyos. La vida no te prepara para eso. Nunca estás listo para dejar ir a alguien. Desde ese momento las cosas se desvirtuaron. Todo se volvió muy rápido.

El Primer Ministro ve a Bastian en el suelo y sonríe diciendo:

—Tranquilos, el camión de basura pasa en un rato. —Luego lo escupe.

Toni no lo soporta y grita— ¡ESTOY HARTO DE ESTO!

—Le dispara al Primer Ministro en la pierna derecha. Grita de dolor.

¿¡Qué estás haciendo!? —exclama.

—Si él no abre la puerta por su voluntad lo forzaré a hacerlo. — Levanta a su Majestad y coloca su rostro frente el Escáner Biométrico.

De repente la puerta hace un ruido extraño. Como el de una pequeña implosión. Luego, empezamos a ver cómo se mueve. La bóveda se abre. Toni tira. Dejamos al Primer Ministro en el suelo, y luego comenzamos a empujarla, hasta abrirla del todo.

Oliver mientras tanto, cuida el cuerpo de Bastian. Creo que, incluso, está pidiéndole perdón, aunque ya no está aquí.

Al terminar de abrir la puerta me sorprendo. Nos quedamos mudos, solo mirando. Nunca había visto algo así. El algoritmo es algo inexplicable. A pesar de que son máquinas y máquinas es algo… difícil de describir. Pero hermoso.

Todo el suelo es transparente. Por debajo de nuestros pies se ven cables de diferentes colores que cruzan en línea recta toda la habitación hasta la pared que está frente a nosotros. De ahí suben en línea recta. Algunos sobrepasan el techo perdiéndose de vista y otros regresan ordenadamente al centro de la pared hacia una gran consola. En esa misma pared sobre la izquierda, hay distintas pantallas de monitoreo, algunas de temperatura del lugar, otras de rendimiento, supongo, no lo sé. Hay tecnología que no logro comprender. No puedo describirlo porque no lo conozco.

Mientras nos adentramos con Toni, en cada paso sentimos más y más frio. Supongo que la baja temperatura es para que no se sobrecalienten las máquinas. Las paredes de la izquierda y de la derecha, desde el piso hasta el techo, son computadoras. Las luces de las mismas titilan constantemente, a distintos tiempos. Como si fueran luces navideñas. El lugar no necesita ninguna otra luz, las que emiten las computadoras permiten ver todo a nuestro alrededor.

En cada paso una lágrima brota de nosotros. Es la culminación de todo. De este viaje. No puedo evitar pensar en la Catarata, y como estuve a punto de perder mi vida y ahora estoy aquí, por salvar miles de vidas quizás. Recuerdo a cada persona que me ayudó a llegar hasta este lugar: el viejo, el Doc., los hombres del ritual, los amigos, la familia y Bastian… Ojalá él pudiera verla… Esto es por ellos. El momento de nuestras vidas. Todo se cruza por mi cabeza. Tantas noches llorando de depresión, pero hoy llorando de alegría por haberlo logrado.

Llegué a la consola. El corazón se me sale del pecho. Una pantalla de unos 60 x 30 centímetros, estoy solo a unos "toques" de la verdad. De la salvación. El momento llegó. Los dedos me tiemblan. Pero, aun así, llego a tocar la pantalla para comenzar a usarla. La máquina tiene muchas opciones, pero, al mismo tiempo es intuitiva. Pensar que debo ser una entre millones y millones de personas que tienen el privilegio de ver una de estas. Abajo a la izquierda, veo una especie de buscador. Ingreso. Buscar datos, no. Buscar personas, tampoco. Buscar… buscar… vamos… vamos… ¿Dónde está?... Futuros puestos. Ingresar. El momento llegó. Respiro profundo y empiezo a tipiar.

En cada letra mientras escribo "Primer Ministro", siento que una parte de mi renace. Una misión. Una visión. Un propósito. Al escribir la última "o" digo en voz alta, riendo y llorando al mismo tiempo –Lo hicimos chicos –Presiono buscar, mientras una rueda gira en la pantalla hasta traer el nombre. Se detiene. De repente, la pantalla se pone roja y aparece un recuadro que dice "error12.12.21".

No puede ser… habré escrito algo mal. Procuro volver a tipear prestando mucha atención en cada letra y cuando toco "buscar"… la pantalla roja aparece de nuevo. No tiene sentido.

–Prueba con otra cosa Adán. –Me dice Toni, preocupado. Intento con "Empleados p/ Banco de Datos" y al buscar, decenas de nombres aparecen. No tiene ningún sentido. Vuelvo a buscar "Primer Ministro" y el "error12.12.21" surgió una vez más. ¿Qué es lo que pasa?

De a poco, desde el suelo comienza a emitirse una leve risa. El Primer Ministro comienza a reírse de manera burlona.

Ja, ja, ja, ja! Tiene que ser una broma… –dice, mientras se acerca a una pared para usarla de respaldo. – ¿Todo esto es por eso? Lo siento pero es muy gracio… Ja, ja, ja, ja,ja.

Me siento más confundido que nunca. Debería aparecer.

Tendría que estar aquí.

Oliver, aún consternado por la muerte de Bastian, muy fuera de sus cabales, toma por la camisa al Ministro y comienza a sacudirlo y a golpearlo. Mientras le pregunta: – ¿DE QUÉ TE RIES? ¿DE QUÉ TE RIES? EXPLÍCALO… ¡¡EXPLÍCALO!!

¡Oliver basta! ¡Déjalo hablar! –digo.

Recuperando el aire, con la ceja y la boca sangrando, su

Majestad comienza:

–Ustedes son… la peor revolución de la que haya existido…no saben nada ja, ja, ja, ja…

Habla como un demente. Mis lágrimas de alegría se detuvieron. Aun así, mi corazón nunca dejo de saltar, solo que ahora es por preocupación. Mientras tanto él continúa.

Adán… ¿Así me dijiste que es tu nombre verdad? Escucha hijo… te lo voy a decir porque eres un imbécil ¡ja, ja, ja, ja! y… y… y van a encontrarte ¡ja, ja, ja!… trabajas aquí… tienes el chip…ya te registraron las cámaras… y como si fuera poco, vi tu cara ¡ja ja Ja, ja, ja, ja.!.. Les estás haciendo el trabajo muy fácil muchacho ¡ja,ja,ja! Creo que por tu valentía al menos mereces saber "quienes" te asesinaran… No sabrás el día ni la hora… pero lo harán… ¡ja, ja, ja!

Me acerco lentamente a él, agachándome, logro quedar cara a cara. Si veo sus ojos al menos podré saber si miente. Y de qué rayos me está hablando.

Hace una pausa para recuperar el aire luego de terminar su risa perturbadora sigue:

–Te voy a hacer una pregunta ¿En serio crees que alguien podría gobernar la confederación solo porque una computadora lo dice? ¿Eres idiota? ¿Crees en cuentos de hadas? Por las dudas te lo aclaró... Santa Claus no existe amiguito ¡ja, ja, ja, ja!

–Ya basta de bromas, ¡Me cansé! –grité, tomándolo por la camisa y golpeándolo contra la pared ¡DIME DE QUÉ ESTAS HABLANDO! ¡QUÉ DIABLOS ES LO QUE SUCEDE! –Continua riendo así que lo golpeo una vez más, pero esta vez con mi puño, algo vuela de su boca pero no me importa. – ¡QUÉ ME LO DIGAS!

Comienza a escupir y a expulsar sangre por la boca...

–Hijos del mañana… Ellos gobiernan el mundo...ellos eligen los cargos importantes… están por encima de ti… de mí… de todos… solo responden a ellos mismos… STERN no elige al Primer Ministro… son ellos…

Silencio sepulcral. Veo a Oliver moverse, tomándose la cabeza con ambas manos. Al costado mío Toni con el arma todavía en su puño, creo que gritándole al Primer Ministro, pero no logro escuchar nada. Todo parece suceder en cámara lenta. Sin embargo, yo directamente no puedo moverme.

El algoritmo, lo que creíamos que era la punta de la pirámide, el eslabón más alto, no lo es. Es una pantalla. Se trata de un velo que oculta algo más. El velo que esconde a quien decide. Es increíble. En mi mente no logro completar la frase, aunque debo aceptarlo "STERN no es quien elige al Primer Ministro".

Todo el plan, todo lo que pasamos, incluido éste secuestro, la muerte de Bastián, todo para irnos con las manos prácticamente vacías. Al menos él murió creyendo que era la semilla de algo mejor. ¡Qué hermosa mentira! Nosotros debemos vivir sabiendo que ese "algo" mejor, no existe. Tú no tendrás que dar la dura noticia cuando volvamos a casa amigo. Cuando todos nos esperen para felicitarnos, y tengamos que explicar que fallamos. Contándoles que hay una mentira más. Porque parece que siempre hay una más. Tú no deberás mirar al viejo a los ojos y decirle que obtuvimos la información, y que regresamos con el cuerpo de nuestro líder.

El Primer Ministro nos catalogó como la peor revolución de la historia. Quizá tenga razón.

Miro mi reloj una vez más, ya hace demasiado que estamos aquí. No tardo mucho más, alguien puede entrar, aunque sea por accidente.

–Debemos irnos de aquí. –Le digo a los muchachos –La misión fracasó.

Con toda urgencia comenzamos la retirada. Tomamos nuestras cosas lo más rápido posible, dejando al Primer Ministro dentro de la bóveda, sangrando y con una herida de bala en la pierna. Al pasar por la puerta vuelvo a ver a los dos guardias heridos, quizá muertos. Siento pena por ellos, pero nos arrebataron a nuestro líder, a Bastian.

Le pido ayuda a uno de los muchachos y tomamos el cadáver de nuestro hermano.

Él no merecía irse así, debemos llevarlo y darle una sepultura como se merece. El Primer Ministro nos mira fijamente pero yo solo puedo pensar en sujetar el cuerpo e irnos de aquí sin titubear.

Salimos tan rápido como nos es posible. El peso muerto de

Bastian nos hace la labor más complicada, pero vale la pena.

Llegamos al tren y comenzamos a subirlo. Justo cuando terminamos el vehículo comenzó a moverse.

Cuando por fin puedo sentarme en un rincón, me tomo la cabeza y respiro agitado por el estrés de todo lo que ha sucedido.

Fuimos por STERN, el algoritmo. Queríamos saber quién sería el próximo Primer Ministro. Fracasamos...

Aunque pensándolo bien, quizás no fracasamos del todo. Vinimos para buscar información y volvemos con información. Aunque no la que esperábamos. Al parecer sabemos quiénes gobiernan el mundo de verdad. Quiénes son los que sacan ganancia del sistema de opresión y sufrimiento.

Tengo tanto en que pensar, pero en mi mente aún resuena una frase, que repito para no olvidar:

"Hijos del mañana, debemos encontrarlos". "Hijos del mañana, debemos averiguar quiénes". "Hijos del mañana".

"Hijos del mañana".

Los vamos a encontrar...

ADÁN

CRÓNICAS DEL MAÑANA.

BIOGRAFÍA

Tres hermanos nacidos a finales de los '90, en Buenos Aires, Argentina. Fanáticos del fútbol, los libros y las historias.

David, el mayor, cuenta con la placa de plata de Youtube colgada en la pared por su canal con más de trescientos mil suscriptores.

Emanuel es un músico destacado, meticuloso y ordenado.

Iván ha colaborado, como guionista, en distintas producciones teatrales y audiovisuales.

Los tres se unieron para entregarnos su primera novela, aunque esperamos que no sea la única.

@hermanosdimarco dimarcohermanos@gmail.com

www.hermanosDiMarco.com

¡¡¡EL MOMENTO ES AHORA!!!
TU LIBRO IMPRESO O DIGITAL
TE OFRECEMOS:
• Edición.
• Corrección literaria.
• Arte de tapa.
• Diseño gráfico y editorial.
• Registro legal y derechos de autor.
• Asesoramiento y acuerdos de marketing y ventas.
LA MEJOR CALIDAD
AUTOR
LA MEJOR CALIDAD
PUBLICA TU
LIBRO
DIGITAL
AUTOR
Transformamos el PDF original de tu libro impreso en
E-BOOK, lo adaptamos a la visual digital
y te damos un archivo listo para subir a las grandes
plataformas de E-COMMERCE, AMAZON, MERCADO
LIBRE, REDES SOCIALES Y PAGINAS WEB.

Nos agradaría recibir noticias suyas.

Por favor, envíe sus comentarios sobre este libro a la dirección que aparece a continuación.

info@productorabara.com

Muchas Gracias